天涯長青

三民叢刊 83

趙淑俠 著

三民書局印行

華文文學在海外的傳薪與發揚

——代序

余心樂

當代華文作者的苦悶

過去四十年間，整個華文文學的運轉與流動，都曾在政治、社會，與歷史演進的每個過程中，留下足以刻劃某個時代的腳跡。

遠的不去談它，光說國民政府播遷到臺灣這四十幾個歲月以來，文學在臺灣的發展，由憂國憂時的懷鄉文學、戰鬪文藝、鄉土文學，乃至當前新生代大量融合西方文學理論及技巧而衍生的魔幻寫實及後設小說等等，就不斷反射出它蓬勃狂飆與花樣繁多的生命現象。

在大陸，文革之後迄今，也呈現出百花齊放的壯闊景觀：傷痕文學、改革文學，乃至當今各方爭議不休的痞子文學等「新生事物」，一波接一波地演展出來，使人從各家作品中得以深入體會，在這四十多年來的隔閡歲月中，海峽彼岸同胞神秘面紗後面，究竟埋藏了些什麼面貌。

置身於遠離黃土地的海外，龍的傳人一方面爲著他們的生涯與前途奮鬥，一方面又爲去國之後精神與心靈上對故土所產生的懷鄉情結而魂縈夢牽。在這種氣候環境之下，北美洲乃先於一九六〇、七〇年代衍生了以反映出國留學、繼而學成留下來成家立業歷程爲主調的「留學生文藝」，繼之，一九九〇年代則逐漸出現以突顯（兩岸）華人在美生活的心靈刻劃小說；在歐洲，則有一九七〇年代中後期趙淑俠女士首開風氣之先的「流放文學」，專爲海外知識分子道出彼等「有家歸不得或不願歸去」的苦悶心結。

由此乍看之下，好像整個華文世界充滿了一片欣欣向榮的美好景象。其實根據我個人的觀察感覺，當前用華文寫作的人，似乎在歷遍了千山萬水的長途跋涉之後，忽而來到一個不知何去何從的十字分岔道路口。

在臺灣，由於經濟快速發展的結果，社會工業化及現代化的腳步踏亂了文學的路標：五色令人迷、五光令人盲的環境，讓忙碌而徬徨的現代人自甘陷溺在現代聲光大眾娛樂媒體的胭媚勾引中而不克自拔，以致無暇、更是無心去親近文字與書香的世界；在大陸，一切向「錢」看，作家紛紛「下海」，庸世媚俗的作品大量充斥市場，更據說許多報刊雜誌上可供作者發表作品的園地還得作者自己花鈔票去購買；在海外，則因年輕第二代、第三代的後輩漸受僑居當地文化及語文的同化，對於華文作品的解讀及接受能力有其先天上的不足與限制。這一切，都難免令海內外的華文作者會這麼自問，處於當今這個現代物質至上的世界裏，到底寫作還有沒有什麼意義？我們究竟是要寫給誰看？筆下又該寫些什麼東西？

海外華文文學的走向

說起海外的華文文學活動，我想，美、加、港、日，及東南亞等地區的問題也許較歐洲少而單純些，因爲再怎麼困難，上述這些海外地區的華人人數，尤其是寫作人口，總是較歐洲多而集中，而且也多半擁有一份可讓當地華文作家灌溉耕耘的華文報紙，不像歐洲的華人，散居在二十幾個國家，大致說來，除了英、法兩國之外，其他僑居國絕大多數幾乎都無華埠或中國城，更是少見在當地發行的中文報紙（巴黎雖然有份《歐洲日報》，但內容乏善可陳，尤其自從兩三年前不知何故取消了人人愛讀的副刊版，取代以影劇版之後，更是無啥看頭），在此情況之下，推展起華文文娛活動，自是極不便利。

此外，整個大歐洲國家眾多，民族及語文分歧，中華文化的宣揚及賡傳，在在有其困難度與限制性。搖筆桿子從事藝文創作的文友，更是面臨前述寫給誰看及寫些什麼的疑惑。

然而，今天的世界，由於傳播科技的日新月異，人類間的距離已愈縮愈小，整個地球也彷彿變成了個村落。政治的藩籬逐漸消除，民族與民族、文化與文化間的交流互動也越來越頻繁密切，因此我們不禁地意識到，今後華文文學努力的目標，大致不出下列三個方向：

㈠縮短意識差距，擴大文化交流——今天的海外華文作家應設法演好現代人文雙向溝通與互動的角色，除了將置身異國社會中所見所聞所感的人文景象翔實傳達給遠在故土的同胞體會了解之外，同時應將萍跡異鄉的心境與情懷，透過文學藝術的筆墨，細膩表達出來，以助華文世界的讀者與文友更為深入認識海外世界（尤其是歐洲），縮小認知差距，藉以培養出寬廣的世界觀和恢宏的氣度，來和這個大千世界相容與共。

㈡促進人類的了解——一九九〇年代，霸權冷戰已漸行漸遠，和平的呼聲此起彼落，東方與西方都在互補互長。處在這樣一個變遷的大時代裏，我們更應透過文學，尤其華文文學，了解當今所有的中國人在想些什麼？追求些什麼？在整個人類世界中，中國人與西方人有什麼可以互補互益之處？凡此在在都可藉著文學與藝術深刻地傳達這一方面的訊息，由此也可以探索出當前我們文學藝術觀、社會觀，及世界觀的新定位來。

㈢與世界文壇相結合——透過密切的互動交流，將當代華文文學變成世界精神文明的共同資產之一。

趙淑俠女士的理念與努力的目標

趙淑俠女士離開臺灣僑居瑞士已逾三十餘年，算是目前咱們旅居歐洲華文作家的老前輩。她在歐洲的生活閱歷和人生經驗都十分豐富，而且創作不輟，名著等身，那部曾在《中央日報》副刊連載經年的得獎名著《我們的歌》，不知爲旅歐華籍僑學同袍道盡多少心聲心事，也爲「流浪」在海外的高級知識分子指出精神的出路。其他的小說及散文專集如《當我們年輕時》、《西窗一夜雨》、《故土與家園》、《湖畔夢痕》，乃至從女性角度爲出發點而寫的歷史小說《賽金花》、分析「文學女人」的散文專論……等二十餘部，不僅馳名華文世界，而且也已陸續被翻譯成德文，在德語文壇建立響亮的名號。因此這十年來，她以一名身在歐西異邦默默耕耘、孤軍奮鬪的中國女作家，憑著對文學的執著，勤奮創作不輟，終於贏得各方的認同與肯定，也與時偕進地在兩岸三邊，以及北美、歐洲等地的文壇，奠定了她的文學地位。

然而，來自海內外各個角落讀者、出版界，與評論家熱烈的掌聲，並未使趙淑俠迷失她的方向，反而，更是令她產生一股沉重的使命感與責任心，她常在奮勉創作之餘反躬自問：當代華文文學的出路是什麼？海外華文作家應在，以及能在國內外的寫作耕耘園地中扮演什麼樣的角色？我輩將來努力的目標在哪裏？

在這樣的自省反思之下，她終於體悟出華文文化及華文文學在海外傳承與發揚的大問題。從此，除了孜孜創作之外，更一心想在遙迢遠離故國萬里的歐洲，擔起傳播中華文化、宏揚華文文學的責任來。

因此，打自一九八四年一月十九日她應蘇黎世大學中文系之邀，在該大學以「中國當代文學裏的新型式」爲題，發表一場介述中國當代文學發展狀況的精闢演講開始，到加入瑞士筆會及瑞士作家協會等文學社團積極參與活動，讓歐洲人認知到華文文學的存在，以及其後一連串的參與國際文化活動（例如配合德、瑞出版社以她的德譯作品參加比利時國際書展、日內瓦國際書展，應邀出席歐洲各國的文藝座談會、新書發表會、僑學界的演講會等），經常暫時拋開繁忙的家務事，一個人風塵僕僕、舟車勞頓地四出赴會，可謂精神與體力的雙重負擔，眞是備極辛勞。

同時，爲了讓她的理念得以發揮集合的整體力量，也爲了要在人文萃薈的歐洲亦能見到華文文學的腳跡，更期望華文文學能在歐洲早日開花結成纍纍的果實，趙淑俠乃決心站出來登高一呼，排除各種外人無法想像的困擾和艱難，把散居在歐洲各個角落能寫又願寫的華文文學及藝術創作者召集一堂，於一九九一年三月中旬，在巴黎的一個小旅店組成了「歐洲華文作家協會」，使歐洲有史以來得以正式出現第一個向當地政府登記有案、涵蓋全歐性質的華文文學團體，終於塡補了華文文學過去無法在歐洲發揚光大的空白。

「歐華作協」成立四年以來，在趙會長（其實會友們都喜歡膩稱她一聲「趙大姐」或「趙學姐」，以示親切）揭櫫「宏揚文化、以文會友、提攜後進、培植新人」的創會宗旨下，憑她忙碌寫作、旅行、演講之餘的熱心推展會務，不厭其煩地抽空出來，苦心費神地與國內外各個有關單位接洽聯繫、籌辦各項活動，以便眞正落實歐華作家所應善盡的職責與追求的理想。

在這種自我期許的情況之下，這兩三年來倒也作成了不少堪稱甚有意義的事情，例如：舉辦文學講座、與蘇黎世大學漢學系合辦中歐文學研討會、共襄巴黎僑社「夏令文藝營」之盛舉、在瑞士僑界舉辦的「青少年夏令營」中爲青少年演講華文文學入門、穿針引線地推介歐洲著名文學家赴華訪問、與蘇黎世大學合作選譯旅歐優秀華文作品以促進歐洲人對旅歐華人的瞭解等等。

她在推展會務期間，更是體會到一點——華文文學如欲在歐洲發揚光大，進而受到肯定，除了靠散居各地的文友努力勤寫之外，別無其他法門；爲了鼓勵會友們在繁忙的日常生活中能堅定意志創作不輟，她經常顧不得昂貴的電話費，極有耐心地分頭給散居歐洲各國的會友們電話聯繫，講幾句鼓勵互勉的貼心話，讓人聽了，眞的會在緊張忙碌的生活中，感到一股關懷的力量在那兒支持著你，無怨無悔堅定地往這條寂寞的文學道路邁步前行。

由於憂心海外華文文學在華裔同胞第二代、甚至第三代以後的傳承綿延問題，趙淑俠十分重視培植新人的問題，積極鼓勵在海外出生成長的新生代多多接近華文及文學，不辭辛勞地爲他們演講闡釋與文藝有關的事務與經驗，殷殷有所期待的苦心，令人感動。

華文作家的省思

寫作也如同藝術創作一樣，是向他人表達心靈世界的精神活動，同時藉著表達的過程，傳輸某種足以啟發人類和諧共鳴的訊息。然而處在當今物慾橫流、聲光刺激取代文字感性、芸芸眾生大都熱衷於爭名奪利的迷亂時代裏，從事淸雅高淡的文學創作，便會叫人感到空前的寂寞難耐。然而，環境愈是如此的不利，我輩華文作者，尤其是散居在歐洲的華文作家，更是應該敞開心胸、睜亮雙眼，留意觀察身邊富有興味及深意的人事物，準確地捕捉世界與時代的脈動，將心靈凝聚的結晶，化作五彩繽紛的文字，鋪陳出一條錦繡大道，讓海內外的華文讀友以及歐洲國家的文學愛好者都能一同漫步其間，享受沐浴在藝文中那股書香的樂趣及情趣，讓世人的心回歸澄澈而再現寬容。

這是趙淑俠的理念，也應是我們大家共同一致努力的目標。

從西洋文化的角度看趙淑俠

——代序

池元蓮

我在還沒有認識趙淑俠之前，先拜讀她的作品，我當時就認爲她是近代最佳的華人作家之一。當我第一次和她見面時，我不禁驚嘆她是一位一代美人。後來我和她成了文友以後，我更覺得她是一位有豪俠氣質的不凡女人。

我在這裏從西洋文化的角度來看趙淑俠的作品和爲人。

文明世界的每一個民族在任何一個時代都產生許多的作家和著作，但經過時間的淘汰，在那芸芸眾生的作家羣中，只有極少數的幾個能在文學史上名留千秋；歷代的作品中也只有寥寥數本能成爲不朽的名著，會繼續被後人閱讀和欣賞。有一位英國文學家把文學史比喻爲一條能够淨化自己的滔滔大河，最優秀的作品沉澱到河底去，永遠留在河床裏；其他那些經不起考驗的作品便變成浮渣，飄在河面，不久就被浪花淘盡了。

趙淑俠的作品是經得起考驗的文學，將來一定會留在中華民族的文學大河的河床裏。因為她的作品具有了不朽文學的兩個先決條件：第一，她的作品具有吸引最廣大讀者羣的普遍性。第二，她的文學風格具有引人入勝的魅力。

首先，讓我們研究一下趙淑俠的作品的普遍性。自古至今的西方小說家都一致認為，文學的唯一目的是供給讀者一種靈性的娛樂。至於那些旨在教導民眾的作品和那些蓄意作宣傳工作的文章，絕對不是眞正的文學。眞正的文學是完全針對人類的感情，透過人的感情來描寫人生。趙淑俠的作品可以說是一個感情的萬花筒，人類心靈中的各式各樣的感情都反映在她這個萬花筒裏。人類的感情沒有時間和空間的界限，滄海桑田，世事和人事不斷地變遷，但人類的基本感情是永遠不變的。這就是趙淑俠的文學作品的普遍性。

文學的普遍性是客觀的，文學風格則是主觀的，是個人性的。根據西洋文學家的觀點，文學風格是一個作家在其作品中如何表達和理解人生；作家自己靈魂深處的理想及夢想都潛意識地流露在她（他）筆下對生、死、愛情、家庭、友誼、責任、錢財等的看法上。

趙淑俠的文學風格既崇高又近人，柔中帶剛，超然物質之外，又富有做人的智慧。我在下面引述一段趙淑俠的文章。她在〈恰似遮不住的青山隱隱〉一文中這樣說：「那顆心已不在狹小的胸腔裏，而飛出了體外，在山水縹緲之間，開闊得沒了疆界，像星、像月、像風、像氣，自在而明亮。我告訴自己，人活在世上，要像大地一樣能承擔一切，包括好的和壞的，悲哀和喜悅，幸運與不幸，黑夜過去定是白晝，無論發生什麼樣的大事，也不會改變宇宙運行的規律，人總是要活下去的，那麼，爲什麼不活得好些呢？爲什麼要把自己弄得那麼悽慘呢？」以上那一段話就是趙淑俠文學風格的縮影。

再者，趙淑俠的作品往往使我想起音樂，尤其是小提琴音樂。由此我用一把多弦的小提琴來象徵她的寫作藝術：人的基本感情——愛戀、仇恨、歡樂、悲哀、畏懼、勇氣——都是這小提琴上的弦。那根拉小提琴的棒子就是她所有的獨特風格之象徵。

當趙淑俠拿起小棒子，在那些琴弦上拉奏，小提琴便發出各種令人心醉的音樂。文章在情緒激昂的地方有如一首狂想曲，把人的心弦緊緊地拉著、扭著、搖著；在溫情脈脈的地方，情調是那麼的寧靜、緩和，令人的心靈覺得舒坦；有的時候，文章的調子淒涼幽怨，使人惆悵不已；別的時候，文中的意境充滿希望和生命力，令人的精神振奮起來。讀者看她的作品，不但獲得一番靈性的娛樂，而且在把作品看完以後，能得到一種心靈上的滿足感，有的時候更能得到一些精神上的啟示。以上這些因素造成她作品的持久吸引力，她的作品今天能喚起讀者的心聲共鳴，在將來也會激動讀者的感情反應。

現在我要說一下《賽金花》這本小說在國際文學上的價值。在近代的西方文壇上出現了兩本非常有文學價值的最暢銷書：其中之一就是世人皆知的《飄》，《飄》的英文原名是

Gone With the Wind，原意是隨風而逝，這是西元一九三六年由美國女作家：瑪格麗・米切爾（Margaret Mitchell）所著的，我在西元一九六六年買這本書的時候，它已經是第十八版，時到今天，不知又重新出版了多少次！另外一本小說是澳洲女作家：哥琳・麥古羅（Colleen Mc Cullough）在西元一九七七年一鳴驚人的長篇小說：*The Thorn Birds*，我把書名直譯爲《荆棘鳥》。多年來我一直覺得有點遺憾，爲什麼我們的中國現代文壇上沒有一本相似的小說？等到我看了趙淑俠的《賽金花》，我認爲我期望多年的書終於問世了。

《賽金花》、《荆棘鳥》和《飄》這三本長篇小說形成了一個完美的三角。這三部小說都是描寫一個美麗、勇敢的女子，怎樣在崎嶇的人生路途上爲愛情、爲生存而搏鬪，她們多次跌進「苦井」去，每次都勇敢地掙扎爬出「苦井」。這三本小說對讀者都有莫大的吸引力，頭一次看大都是狼吞虎嚥地一口氣看完，然後還覺得享受得不够，又要再細嚼慢嚥地從頭到尾再讀一次。

這三本小說還有另外一個共同點，那就是作者用輕描淡寫，毫不枯燥的手法把故事的歷史和社會背景在書中反映出來。先拿《飄》這本小說來說，我在美國念書的時候，看過一本厚厚的美國歷史書，但《飄》小說中對美國南北方內戰的形容給我留下一個比歷史書來得更深刻、更有趣的印象。《荆棘鳥》的故事長達半個世紀，從西元一九一五年到西元一九六九年爲止，我曾經聽到一位美國女出版家這樣感嘆：「我看了《荊棘鳥》一書以後，對澳洲的一切好像都了解了！」

趙淑俠的《賽金花》目前正在被郭名鳳教授翻譯成德文的過程中。我希望這本小說翻譯成德文後，會引起西方文學界的興趣，再翻譯成英文。《賽金花》這本小說一定會受西方讀者的歡迎。該小說的結構很現代化，和最好的西洋現代小說相似，所以絕對不會讓普通一般的西方讀者看起來覺得格格不入，就失去往下看下去的興趣。而且，西方讀者會這樣說：「看了這本小說，我對中國的『拳匪之亂』一事有了新的認識，對十九世紀末葉的中國也好像什麼都了解了。」

趙淑俠是一位非常不平凡的女子。她今天已站立在文學事業的成功頂峯，她盡可以自滿地坐在山頂上，低首下顧那些還在山腳掙扎奮鬪的作家們，但她一點都沒有眼睛長在額頭上的驕傲態度。相反的，她盡她最大的力量，用她最寶貴的時間、精力、心思，甚至金錢來幫助那些跟在她後面的歐洲華人作家。我們這個「歐洲華人作家協會」是一條初生的小龍，如果沒有趙淑俠做我們的龍頭，這條小龍根本沒有生存下去的機會。

趙淑俠不但是現代女性的榜樣，而且是在歐洲生活的華人的模範。在美國生活的華人跟在歐洲生活的華人情況不一樣。美國自立國以來是一個移民社會，在美國的華人人口數目龐大，其中知識分子衆多，在美國人的腦子裏早已建立了外國人也是美國人的觀念，在今天的美國，華人知識分子要打進美國社會的中上層，甚至上層已不是一件困難的事情，今天在美國當教授、藝術家、科學家、醫生、工程師、政府高級官員的第一代華人已多如天上的星星。在這各方面，歐洲比美國大概落後半個世紀，歐洲不是一個傳統的移民社會，在歐洲人的眼裏，一個膚色不同的人還是外國人。在歐洲的華人遠比美國的華人爲少，其中的知識分子也不多，而且歐洲的社會環境對華人知識分子不利，華人知識分子爲了生活常要放棄本行，去搞餐館或是開一間小型商店來謀生。只有極少數的華人知識分子能脫穎而出，打入歐洲社會的文化主流去，趙淑俠就是這極少數人中的一個。

她之所以受歐洲人的尊敬，除了她的才華以外，更重要的是她的氣質和做人處世的態度。她和歐洲人交往，態度和藹、大方、坦白、有自信心，這些都是歐洲人最欣賞的品德。而且歐洲人對華人常採取管中窺豹，可見一斑的看法，趙淑俠以身作則，以她的高貴的風度、高尚的修養和正直的行爲來表達中華文化，所以她是一位很好的文化大使。

最後，我以趙淑俠的美來結束這篇文章。中國人常說：「十八無醜女」。但一個眞正的美人不單是在青春時代美麗，她在人生每一個階段都保持她的美態。趙淑俠不僅是外形美，她的內在美有磁石般的吸力，凡是和她接觸過的中外人士，不論男女老少都欣賞她、尊敬她、樂意跟她做朋友。她的內在美就是她那顆慷慨助人的熱心，她那永遠年輕的精神和她那種像星、像月、像風、像氣的開闊、豪爽的氣概。

池元蓮稿於丹麥

——一九九四年四月三日

天涯長青

目次

上輯　文化的東與西

下輯　生活繽紛談

附錄

上輯　文化的東與西

書展

正午時分，兩幢大樓之間的幾個小賣部擠滿了用餐的人，忽然一位女郎扭扭捏捏而過，她的倩影有如聚光燈，立刻吸引住所有的眼光，那女郎三十琅瑲年華，長身玉立，三圍突出，上身穿著件緊得彷彿隨時要爆裂的豹皮花紋襯衫，下面是條剛剛遮住臀部的蝴蝶邊迷你裙，從高高翹起的裙角裏伸出的兩條纖纖玉腿，左邊著綠色長襪，腳踏大紅粗跟鞋，右邊唱的是反調；紅襪綠鞋，還是細跟的。她兩腮各畫一枚紅太陽，紫眉毛，藍嘴唇，每隻耳朵掛根尖尖的小胡蘿蔔，一手握柄炒菜的大鐵鏟，另手牽條勇猛的禿毛大獵犬……，讀者看官，你以為我在描寫馬戲班的小丑嗎？不，她是我在法蘭克福書展上看到的一個作家，她蓬鬆的金髮上扣著的那頂小雨傘般大小的帽子上，清清楚楚載明她的大作和她本人的芳名。她正在「打書」，而且也算不得特例，比她更怪的隨時會在你眼前出現。在那樣洶湧著幾百萬册書的汪洋書海裏，誰會注意到一個既不屬於文豪級，亦非超國界暢銷書的作家？勇氣特佳者乃採出奇制勝戰術，雖然博得的也許僅是見怪不怪的冷冷一瞥。

世界上有三大國際性圖書展覽會——簡稱書展，每個書展各有其專名，德國法蘭克福舉行的叫 Frankfurter Buchmesse，比利時首都布魯塞爾的是 Foire du Ziver，瑞士日內瓦的稱做 Genf-palexpo。三個書展都是每年一度，布魯塞爾和日內瓦在春季舉行，法蘭克福則永遠在秋季十月。

三大書展中，歷史最悠久、規模最恢宏的，當推法蘭克福書展，其次是布魯塞爾的書展，日內瓦的，無論年資和規格，都要屈居季軍；今年才過四足歲生日。

法蘭克福書展內容包羅萬象，上至天文下至地理，中至文學、藝術、音樂、科學、歷史、醫藥、烹飪、體育、手工、建築等等等等，只要叫得出名目的有關印刷品都可在那裏找到。圖書來自全球五大洲，包括各種語言。因德國是地主國，德國出版社參展容易，德文書籍順理成章的占絕大多數。布魯塞爾和日內瓦的書展與法蘭克福的性質相同，差別僅因是在法語區域，展覽的出版品便無可避免的以法文爲主。

嚴格的說，出版社和出版家才是書展的主流，作家只是陪襯與點滴。有意參展的出版社，遠在半年前就報了名，訂了攤位，到時拿出什麼新書迎合讀者口味，招徠書商來訂書，早有通盤計畫，大出版社財力厚、人手足，在會場裏請鷄尾酒會，邀電視臺拍攝現場錄影，把他們新出版品的作家透過傳播媒體介紹給社會大衆，辦得有聲有色，寬寬大大的攤位裏客來客往川流不息。小出版社既像不走紅的舞女，乏人問津，冷板凳坐到底，又像被丢棄的孤兒，除非有神相助，發出磁石作用，否則那小小的兩米見方的攤位，永遠呈姥姥不疼舅舅不愛，悽悽慘慘的門可羅雀狀，就算出了什麼拍案驚奇的好書，也往往因無力宣傳又請不動記者先生女士的大駕，引不起書商和讀者大衆的注意。

大出版社爲了使他們計畫中的暢銷書愈行暢銷，不惜花費巨金請來大牌人物，譬如好萊塢影星莎莉麥克琳，當報上登出她將出席法蘭克福書展時，她的那本小書就銷得如滔滔流水，洛陽紙貴，待其本人蒞臨，會場內外擠得人山人海，求在書上簽名的令她應接不暇，比起那背上背個大包，腳登運動鞋，身著大夾克，清瘦的面孔上愁雲黯黯，到處磕頭作揖，動輒從大包裏掏出書一本或手稿一疊，求人訂購或託人出版的失意作家，情況的迥異何只天地之遙。有人形容書展，說是最見人情冷暖，也是最消磨作家志氣的地方，可謂有感而發，言頗及義。

書展不僅展出圖書，附帶的各種活動也花樣繁多，出版界視書展爲他們的重大節慶日，不但要亮出驕人的豐盛成果，也要藉機聯歡友誼，書展當局舉辦的開幕酒會，總統蒞臨致辭，衣香鬢影，氣派非凡。閉幕晚會則先是大聚餐，接著開舞會，通宵達旦，熱鬧的程度勝過大拜拜。除了書展的官式活動，各國的使館和駐外部門也忙著宴請自己人和別國朋友，越富有的國家辦得越豪華，文化實力與經濟實力同時展現，此刻應是良好時機。

每個書展都設有獎項，日內瓦書展的盧梭（Rousseau）獎，金額五萬瑞士法郎，為各獎金的數目之冠，但其地位和聲望不及獎金兩萬五千西德馬克的法蘭克福書展和平獎。和平獎的歷屆得主皆是鼎鼎大名之士，甚或是世界上最具影響力的大作家，如英國首相邱吉爾、瑞士的馬克斯・弗瑞史爾（Max Frisch），德國的塞福瑞・朗士（Siegfried Lanz），和當今的捷克總統哈威（Havel）都是該獎得主。去年（一九八九）哈威的身分還是政治異議分子，不能親自出國領獎，是拜託他的朋友，瑞士著名電影演員麥可米倫・雪兒（女星瑪麗亞・雪兒的弟弟）代領的。頒獎儀式在教堂裏舉行，西德總統親祝賀辭，得獎人做內容雋永啟人靈性的精彩演說，嚴肅而隆重，若形容為文化界的不朽盛事，當不為過。

我這個單槍匹馬，獨個兒在洋文化圈子裏東闖西闖的中國作家，雖說永遠不會得什麼和平獎或戰爭獎，然而在三個書展中都扮演過一個小角色，躬逢其盛，兼使咱們中國人在那被西方文化和西方人淹沒的活動中，露個臉閃個影，料想在以中文創作的寫作者內，亦屬很獨特的經驗了。

第一次是參加布魯塞爾的書展。那時我的第一個德文譯本小說《夢痕》甫印出來，而為我出書的出版社沒有財力遠赴比利時參加展覽，這事被教育部派駐比國的傅維新參事知道了，認為中國作家出外文書對中國人是爭面子的事，便自告奮勇的奔走籌辦，把我安置在中華民國的參展單位——中央圖書館的名下，於大會的正式節目中登臺亮相，朗誦新書。由於安排周到、宣傳得法，雖因比利時人說法文，我的德文朗誦不見得有多少人聽得懂，座椅上的觀眾仍是黑壓壓的一片，心懷好奇，想看中國人唸洋文的洋人固然很多，專程來捧場的老中亦不少，包括留學生、華僑，和駐比利時孫逸仙中心的舒梅生主任夫婦，使我深深感到血濃於水的同胞情。

第二次參加書展是因《翡翠戒指》短篇小說集的出版。這本書是瑞士出版社印行的，一切有關書展的事乃由瑞士人做主。我的瑞士出版人是位女性，芳名桃莉絲．弗律克（Doris Flück），本是畫家、詩人，卻突的靈感大發，開了個出版社，專出女性作者的作品，業務很是不錯。依桃莉絲的浪漫想法，我應該在書展中開場記者招待會，理由是第一本書《夢痕》的作者叫趙淑俠，這本書的作者變成蘇茜陳，不打知名度不行。在歐洲，作者在書的銷售計畫上必得尊重出版社的意見，事實上，在沒徵得我的同意之前，她已經申請大會替我安排會場了。同時一百份記者邀請卡片早早就發了出去。這位女強人做事的衝勁有如拚命三郎。強打鴨子上架，不開也不成，我與記者先生女士們談談聊聊的機會不少，但這麼大張旗鼓的專開個會自我介紹，確屬生平第一遭，如果是在自己的地方也好辦，偏偏在連中國名字都叫不明白的異國他鄉，誰弄得清你趙淑俠或蘇茜陳寫了什麼？招待會之前眞緊張，就怕沒人來。想不到結果還圓滿，心上石頭終於落地，唯這時百感交集，深深體會到一個人在外面闖天下的艱難。

接著又是日內瓦書展，乃是瑞士人主持的「蘇茜陳新書發表會」，桃莉絲女士致辭，漢學家勝雅律（Harro von Senger）教授介紹，我照例把自己的書唸上一段，幾個人在臺上一排坐開，有幾分演戲的味道，看來似無甚稀奇，這點參與的機會卻得來不易，正如桃莉絲要求我把中文名字趙淑俠，改成歐洲名字蘇茜陳時說的話：「你以中國作家的身分在歐洲文壇競爭是佔不到便宜的。西方人對中國所知太少，也不想費力知道更多，老實說，只名字一樣就够我們受，發音都差不多。讀者並不是漢學家，只是讀者，對中國沒有那麼精深的研究，興趣與漢學家也不一樣。」

桃莉絲話說得够懇切，西方人對中國文學作品和作家所知的確有限，眞正能够像西方作家那樣被廣泛讀者大衆普遍接受的，一個是林語堂、一個是韓素音，而他們都是直接用英文創作，並著作等身的。不管我們自己的文學界怎麼批評，林、韓兩人的作品可以引起西方讀者閱讀的趣味則是不假，尤其林語堂，文名之響在近代中國人裏無人能比，他的長篇小說

《京華煙雲》，至今膾炙人口，是中國新文學作品中，唯一一本可以進入西方的「尋常百姓家」，爲社會上一般消費者，像閱讀他們自己的文藝小說一樣，能引起讀欲並喜愛的。一九八八年法蘭克福書展期間，瑞士駐西德大使，設盛宴款待瑞士出席書展的作家和出版家，當眾對我說：「中國作家我只讀過林語堂的小說，非常有趣。」他一句話沒完，旁邊兩位出版家也隨聲附和，使我頓覺顏面有光，平添幾分驕傲的喜悅。

曾見國人批評林語堂，說他不該描寫女人的小腳和鴉片煙，認爲暴露了中國人的醜態。事實上就算他不寫，中國曾有裹小腳的事也瞞不了人，而誰又不知道中國人曾抽過鴉片煙？不然鴉片戰爭又由何而起？已過去的醜不必蒙著蓋著，現在要拿得出美而好的才最重要。我倒眞希望今天的中國能再出幾個林語堂，爲我們在世界文壇爭得一角立足之地。

近年來西方漢學家努力的把中國當代文學譯介成外文，據知西德方面做得較有成績，很多優秀的中文作品已有系統的譯成了德文，但是，正如桃莉絲所言，讀者只是讀者，對閱讀中國作家的作品，還不如像對他們自己作家的作品興味那麼大，中國文學作品銷售不易是不爭的事實，某個出版社肯出中國作家的作品需要勇氣，據聞有出版社因出版中國文學作品太多而破產的。一個非常眞實的現象，西方讀者對待中國與對待第三世界文學的心態相似；文學的本身在其次，裏面的社會才是眞正引起他們好奇而想知道的。好奇心不可能永存不衰，一兩本書讀過大致已能滿足，何況對中國的好奇心理並非每個西方人都有。在這樣的環境裏，中國文學作品想與歐美文學並駕齊驅，談何容易？

書展和其他許多國際性的活動一樣，無法完全脫離政治陰影。布魯塞爾和日內瓦的書展，中華民國都曾積極參加，但都用中央圖書館的名義。法蘭克福書展去年（一九八九）才第一次得以參展，臺灣的十八家出版社，在新聞局支持下，遠赴西德進軍國際書市場。洋人不懂中文，一般書籍爲條件所限，難有大出路，幸而中國藝術向來受西方人青睞，古物像册和畫册之類，就成了咱們攤位上的寵物。據聞今年想參展的出版社五十餘家，一口氣增加了三倍。中華民國的貿易才能舉世聞名，看樣子出版界也不甘落後，料想必將有番作爲，前景值得樂觀。中國大陸倒是以官方名義年年參展，不過能引起西方人興趣的，也只是畫册之類。

主辦書展的人會出點子又善做噱頭，每個書展每次都有一個「主題國」，例如一九八八年法蘭克福書展中的主題國家是義大利，今年是法國，明年是日本。日內瓦書展今年的主題國是蘇聯。一旦那一國做了書展大會的「主題」，那一國就是那個書展中被注意的焦點，大如法蘭克福書展會撥大樓一幢給她做專館，小（其實已大得看不過來）如日內瓦的書展雖不撥大樓，也會闢一個比別的攤位寬敞數倍的隔間，供其權做專館之用。

專館裏的風光多半很有看頭，資力不弱文化底子又雄厚的國家，無不借此機會凸顯自己，布置成足以表現其文化特質的模樣，展出的圖書種類豐富乃當然之事，此外也會在館內舉辦以該國文化爲主題的演講、座談、討論、放映影片之類的活動，有的甚至開個頗具典型的小吃部，那次義大利館連幾噸重的大石柱和彫像都運來了。

初聞書展之名，但覺書香撲鼻，待至身臨其境方能漸漸看清，商業意義大於文化意義，政治上的超強在這個文化場合裏也以強者面目出現。至少，對我這個曾參與過書展中大大小小數次活動，未來也將不能避免的繼續參與，扮演一個小角色的人來說，已不會因參與的本身，產生多少幻想或激動了。

一九九〇年七月二十六日「聯合副刊」

最富國裏的窮人

瑞士人的富有舉世聞名，根據世界銀行的報告，一九八九年個人收入最高的國家，冠軍是瑞士，平均每人所得爲兩萬七千兩百六十美元，第二、三名的冰島和日本，分別是兩萬一千一百六十美元，和兩萬一千零四十美元，差了一大截，至於美國的一萬九千七百八十美元，西德的一萬八千五百三十美元，當然就更是瞠乎其後，而這已經是瑞士第三度蟬聯冠軍了。在過去的許多年裏，也不是亞、季軍，就是第四、五名，經常名列前茅。

瑞士人收入多，物價卻也眞高，一斤上好的淨瘦牛肉要賣到六十四塊瑞士法郎（約合美金四十二元），不過瑞士人不像咱們中國人這麼嘴饞，在吃的方面很節省，除了眞正的大富人家，很少會每餐吃如此貴的大魚大肉，一般人只求够營養合口味，吃的牛奶製品和青菜比肉類多，所以瑞士人多有房有車，銀行的存摺上也多少有幾個存款，生活安定，日子過得很不錯。但是如果因此就推斷瑞士的國民收入都那麼高，人人都可以憑藉自身的工作換來不愁衣食的生活，也是大謬不然。說來令人難以相信，像瑞士這麼富有，薪給工資又高的國家，竟然也有收入連起碼的生活都過不了，甚至三餐不濟，面臨飢寒交迫威脅的窮人。

這窮人是那類人？做的那種職業？掏茅坑的嗎？挖馬路的乎？還是在車站小攤上賣報章雜誌和香煙口香糖的？都不是，瑞士自然沒有咱們中國大陸上那種妙趣天成的茅坑，也無需誰來做那麼臭氣四溢的工作，打掃公共厠所的多半是寄人籬下的外國人、意大利或土耳其籍的清潔婦，她們的工資當然是低得不能再低的，但一小時也有十四、五塊瑞士法郎的收入，以一天八小時，一週工作五天計算，每個月也有兩千四五百法郎的進帳，足够維持個人溫飽，何況她們幾乎都有個在某處做工人的丈夫，兩人工資加在一起，租間簡陋而價廉的公寓，一家幾口，過得寬寬裕裕。挖馬路的工人賺得比清潔婦多了一倍，絕非我說的那種窮得吃不上飯的人，至於車站小攤上的售貨女郎，頸上掛著光閃閃的金項鍊，手指上戴著奪目的寶石戒指，全身摩登時裝，一看就知跟窮字沾不上邊，事實上她差不多屬於「剝削」階級，每本雜誌要抽去百分之三十五的利潤，讓人眼紅的是，攤上的顧客不絕如流水，忙得她應接不暇，其財源茂盛的情形也就可想而知了。我怎敢有眼不識泰山，硬把她往窮人堆裏推？

那麼，打了半天啞謎，到底誰是那最富國的窮人？說來傷心，那最富國的最窮的人，原來就是我的同事，咱們作家。在瑞士住了這許多年，得到的印象一直是天下無事，國泰民安，人人皆有職業，家家超過小康，根本不知道誰是窮人。我在瑞士看到的窮人，除了蹲在街邊上那些蓬頭垢面衣衫襤褸的「邪痞」外，就要算在作家協會裏遇到的那些不走紅的作家了。

瑞士作家的創作收入之低，已到了驚人的程度——平均每人每月只有八百瑞士法郎，全年計九千六百，合美金六千四百之譜，別說不能跟一個普通工人比，就是比起那些大字不識幾個的外籍清潔婦，也是差之遙遙，比起平均兩萬七千多美金的國民收入，更是令人只有嗟嘆的份，而在這個可憐的小小數字裏，還包括了幾位暢銷書作者的大宗版稅，也就是說，在瑞士全國數千作家中，比平均收入低出許多，甚至根本就無分文收入的，佔有相當的比例。這也就難怪每次作協開年會總是羣情激憤，一片吵錢之聲，嫌文化部門每年給的二十多萬瑞士法郎太少，對作家生活照顧不了什麼，害得作家永遠鬧窮，「世界上最富的國家，最智慧的人竟是最窮的人，這是我們國家的恥辱。」某次集會，一位作家氣沖斗牛的說。

此話不假，唯作家儘管吵得兇，於事卻無多少補益，如果讀者不想買你的書，任誰也無能爲力。百分之十的版稅有明文規定，暢銷書一銷數萬本甚或數十萬本，作者的收入可觀，你就辦不到，任你如何強調大作的不朽價值，讀者就是那麼漠漠然的興趣缺缺，書賣不出那來的版稅收入？作協並無責任照管作家們的生活。雖然有時也偶爾會照顧少數一兩人，或認爲某作家的作品確有分量，應予支持，讓他得以無後顧之憂，安心創作，經開會決議供給一年半載的生活費，但得注意「分量」：這個字的意義，一般作家是輪不到這種機會的，而且作家那麼多，作協怎能顧得過來，就是現在的情形，社會上已多次有人提出抗議了：「每年用那麼多納稅人的錢貼補作協，眞也不知爲的是什麼？作家要寫作是他們自己的事，爲什麼我們納稅人該出錢？」

作家聽了這種話如何不傷心動氣？但仔細想想，說得也並非全無道理，自由職業嘛！像畫家一樣，那怕你畫了一輩子，作品堆滿全房，沒人欣賞光顧，也只好「認命」，在自由社會從事自由職業的，不會有人發薪水，也不會發生某大人物寫了一本什麼言論集，硬叫大家去買的事的。瑞士的作家雖然窮，對共產國家那種作家由政府供養，按月拿薪，使其不得不乖乖聽話的控制方式，也並不羨慕，「我情願餓死，絕不犧牲創作自由。」已聽過許多作家說過這類的話，窮雖窮，骨頭倒是挺硬的。

骨頭硬的作家世界上每個角落都有，瑞士作家無法專美於前。認眞一點說，瑞士作家的骨頭是屬於「小硬」，雖聲言情願餓死，其實是永遠餓不死，假若不幸眞的走到那一步，遭遇到餓斃危機，誰也不會睜眼看著不管，最起碼他出生或居住的那個城鄉，有責任救濟家鄉人，何況還有社會和教會辦的慈善機關呢！所以在瑞士說「情願餓死」之類的激昂之詞，只能說是情緒化的精神表白，像蘇聯的索忍尼辛、捷克的哈威之流，進出勞改營和監獄如普通人上電影院，甘之如飴面不改色，才是「大硬」，不過話又說回來，如果瑞士也來極權國家那一套，動不動給作家扣上帽子一頂，送往某處修理改造，我的洋同事裏立刻會出現幾個鐵錚錚的硬骨頭也說不定。環境不同，造就出的骨頭硬度也不一樣，而且，常常是大處正氣凜然，小處反而投降妥協，堅持不住，姑舉一例以證之。

某次作協開年會，通過寫封抗議信給文化部門，指責他們忽視文化，給錢太少，請求速予改善等等。大會秘書將信高聲朗讀，俾使全體出席者知道內容是些什麼，那知信尚不及讀畢，座中便霍的站起一位作家先生，他面孔清矍、身裁瘦削，穿了件黑皮夾克，戴厚度如瓶底般的近視眼鏡，已從衣袋裏掏出一張紙，暴躁的道：「你那信溫溫吞吞，怎會發生作用？我這兒已經擬好一篇稿子，準比你寫的那個有用。現在我念一遍，過後秘書處辦成公文，寄給文化部就得了。」他說罷便激昂慷慨的念了起來。果然出語鋒利用字嚴峻，不但逐條數落掌管文化部門的官員忽視作家的存在，甚而聲色俱厲的指稱是「扼殺文化事業的黑手黨」。聽得舉座大譁，有的訕笑有的搖頭，除了少數幾個拍手稱快贊同附和外，都認爲太過分，寧願用秘書擬的信稿，最後乃決議舉手表決決定到底用那一份。

這位作家先生見許多人對他的信稿非但不讚美，而且表示可笑與輕視，早是義憤塡膺失望莫名，這時見要通過表決便不悅而帶幾分警告的道：「首先聲明，如果通過用秘書的信稿，我便立刻退出。」

洋人是不懂得什麼叫「不好意思」的，那怕是至親好友，也不會因怕面子上難看，勉強做違心的隨聲附和，他們所表示的意見定是出於本人眞正的意願，表決的結果：半數以上出席者贊成用秘書處的信稿。這時作家先生大怒，冷笑著一言不發，朝大家輕蔑的掃了幾眼，便邁開大步頭也不回的離開了會場，大皮鞋踩得地板咚咚的響，震得人心好不沉重。我這個東方面孔的作家坐在一羣黃頭髮白人之間，感覺上似和他們總隔著點什麼，無論他們的禍與福，彷彿跟我的關係都不是那麼密切，但這時卻也感到震動、遺憾，因這位個性鮮明作風偏激的同仁的退出，很是難過，以爲他是再也不來了，懨懨然一整天都像心上罩著一層陰雲。

作協年會照例舉行聚餐晚會，不收分文，是請客性質。那晚上約有兩百數十人參加，鋪著粉紅色檯布的二十多張大圓桌面的中間，擺著美麗的鮮花，燈光燦爛的大廳裏充滿愉快的笑聲，部分女作家穿上了漂亮的晚禮服，也有的仍是半「邪痞」打扮，作家嘛！越怪越出奇制勝。不管來自那路那派，都面露笑容，五人樂隊吹打得好起勁，吃過飯還要跳舞呢！平日辛苦工作，各自忙碌的作家們，有如在一起過團圓年，熱鬧鬧，暖烘烘。

我一直在爲那位退出的同仁可惜，心想：他是再也不會到這個圈圈裏跟著「同流合汚」

了，誰知一轉頭，出乎意料的看到他也在座，在一張靠牆的桌子上，正一匙一匙的喝著「鷄蓉春菜湯」，喝得那麼津津有味不勝享受的樣子。我遠遠的呆望了許久，悲傷得幾乎下淚。作家啊作家，你們的氣節往往義薄雲天，頭可斷血可流，更不怕抓去蹲監牢，但卻禁不住飢餓的威脅，受不了一頓佳看的誘惑。

上例是我在這個大富之國看到的窮作家嘴臉，人不吃飯不能活，作家亦不例外，當飢寒逼人時，骨頭的硬度就相對減輕。然而誰又忍心以此見責？物傷其類的疼痛是此刻直接的反應。

這是說的窮而不得志，乏人問津的作家。文壇重鎮如馬克斯·福瑞史爾（Max Frisch），或非德烈·狄爾馬特（Friedrich Dürrenmatt）等國際知名的文壇重鎮則不是這個情況，他們按時收入各國的版權費，生活安定地位崇高，常常得到國際間的某種獎，把巨額獎金捐出給人權組織之類的團體，做發展經費，也是司空見慣之舉。暢銷書的作者就更不一樣，他們多是寫作界的富翁富婆，一本書寫出來，立刻讀者遍地，各國爭著購買翻譯權，他們之中盛產多產作家，因此財源滾滾豐收不斷，其人又懂享受和生活樂趣，一旦鈔票賺足，便花上數百萬瑞士法郎，在風景絕幽處買吉屋一幢，擡頭是白皚皚的雪山，低首是清悠悠的碧綠湖水，創作靈感越發豐富，產量益行大增，暢銷復暢銷，領盡天下風騷。

的。這種情形，誰看著眼紅或不服氣也不行，書的讀者如電影片的觀衆，是沒辦法用鞭子趕

在瑞士的風景區，居住個比利時裔作家——我這兒姑隱其名，因作家告人誹謗也是常見的事。他寫過四百本書，其中好些本佔那年暢銷書排行榜的首位，有人譏笑他寫書像下蛋，「摸摸屁股就是一枚」。但他的書有人買，一年出幾本也沒人嫌多，你這有志爲文學效命的作家的大作偏就沒人買，兩年出一本出版社還叫你「等一等，不要跟自己打對臺」。叫「等」也還是上乘的，表示有人考慮給出版，有那把大疊文稿寄給出版社，不出兩星期已「完璧歸趙」，連包也沒打開就退回來了。沒人給印書，那裏來的收入？作家不「固窮」又能怎的？

作家不得志，難免氣性欠佳，壞情緒一來就遷怒讀者，不是說讀者欣賞力低便是說讀者俗氣，一位寫作朋友曾痛心疾首的道：「瑞士人平均每人每天花一塊錢買花，平均每人每年吃掉十三公斤半的上好巧克力糖，假如他們用這筆錢來買書該多好呢！」

作家有作家的牢騷，讀者有讀者的想法，一位與寫作圈毫無淵源的朋友曾對我說：「我不是捨不得錢買書，但是要買我願讀的書。今天的那些所謂作家，自我標榜這個派那個流，我不管他那流那派，引不起我的興趣我就不買。」

這位人士的話很能代表讀者大眾的心聲，說曲高和寡也罷，說欣賞力低俗也罷，讀者大眾喜歡買某本書，除了因那本書的宣傳廣告做得大，或作者早有名聲，基於偶像崇拜心理，那本書能引起他的想讀的慾望是非常重要的條件。要引起讀者的興趣，就得迎合讀者的口味，碰巧這又是硬骨頭的作家不肯做的，於是便形成了惡性循環，作家堅持文學的神聖性，讀者堅持自己的趣味性，一方面願賣另方面不願買，搖筆桿的一方只好固窮到底。

當然，作家賣不出去的嘔心瀝血之作不一定就眞好，其道理就如同被讀者大眾愛得如醉如癡，老弱婦孺都合口味的作品不一定就拙劣一樣，譬如《齊瓦哥醫生》和《玫瑰的名字》，都是既能引起興趣，又集文學創作藝術和深刻喻義於一身的暢銷名著，《齊瓦哥醫生》且曾得諾貝爾文學獎。問題是世界上有多少作家能達到這個境界？除非像英美那樣人口眾多，英語的發展空間又較其他語文寬廣的國家，要養活一批職業作家，都是沉重的負擔。概括言之，用歐洲語文，如法、德、意，或西班牙文創作的作家，在收入和生活水準方面不見得比咱們中國作家高，唯在國際間被認知的機會比我們不知多了多少倍，只說德語作品，至少銷到德、奧、瑞三國，若是銷得好，會很快的被譯成各國文字，不像中文作品，要想打出中國語文的範疇，差不多是難於上青天。

瑞士的作家大都身兼副業，如教員、報館編輯、記者、劇院編導等等，但職業作家也佔了不算最小的比例，他們有的靠祖上餘蔭，家有恆產，寫作貼錢也不愁衣食，有的則具咱們的大賢顏回先生的精神，肯爲理想吃苦。我在作協裏認識個年輕朋友，他不過三十來歲，卻已準備好終生爲文學奉獻，辭去了做得好好的每月六千瑞士法郎的銀行工作，退掉住得舒舒服服的兩房兩廳公寓，搬到一個連火車都不通，只通公共巴士的鄉間小村，專門從事寫作。「以前收入每個月六千元，過得充充裕裕，可是生活得一點不幸福。現在每月的稿費收入不足八百，過得苦是苦，值得安慰的是我快樂。我還年輕，來日方長，我定要寫出驚世之作。」小伙子的口氣堅定，藍眼珠炯炯生光，志向和信心兼俱。

旁邊聽的人有的表示佩服，也有的表示懷疑，一個有過類似經歷的老作家搖頭嘆息，說這個青年「腦子裏充滿狂想，等到苦頭苦得吃不下去時，他才會發覺自己的幼稚和瘋狂。」

幼稚嗎？瘋狂嗎？這個最富國裏的窮小子倒不這麼想，他純潔而智慧的思想裏，有片不屬於這個庸俗世界的天空。

一九九〇年六月四日「中華副刊」

記者招待會

最常開記者招待會的人是政治家和政客，各國的總統、部長、議員，或其他的什麼官，動不動就把記者找來說上一陣。其次是演藝人員和體育明星，那位音樂家要登臺演奏，某位電影明星與某導演合作某片，這個拳擊好手將與另個好手一決雌雄，都需要記者的配合宣傳，所以他們雖不像政治人物那樣經常與記者見面，偶爾搞個記者招待會乃免不了的。

寫文章的人是很少開記者招待會的，原因之一：本身具備以文字與社會大眾接觸的能力與機會，無須借助記者的大筆。第二個原因：日常的新書發表會、朗誦會和一些名目繁多的各種會，已給了作家們足夠發揮、表現的空間，用不著多此一舉。假若寫文章的人突然開起記者招待會來，如果不是因爲得了像諾貝爾，或普立茲文學獎金那樣的國際性大獎，準是因爲與寫文章無關的事，譬如與人打上官司等等。

在歐洲，每遇文藝界有集會，如筆會、作協等組織開年度會員大會，或舉辦文學週，或幾個文友聯合弄個「文學之夜」，總有三兩位記者到來，就是記者專程到那個作家的住處做次訪談，也是極平常的，但這都屬於採訪，並非是記者招待會，要開個記者招待會可不是空口一句話，首先得有場地，其次要預備吃喝；人家來了無吃無喝怎能稱「招待」？邀請信當然是少不了的，否則誰知何時何地何人邀請？兩個主要條件具備，更重要的一項來了——你有把握眞能把記者們請來嗎？這一點就關係到你到底是誰的問題，一個要筆桿的作家，既不能發佈軍政大計的消息，又不能提供聳動人心的社會新聞，充其量只能說說自己的作品：「我的新書怎長怎短」。誰要知道你的書？你又不是海明威復活！所以，除非有強大的人力物力做後盾，一般的現象是，作家開記者招待會常會遭遇到「十室九空」的命運，我的一位洋文友說得妙：「只有發瘋的作家才會開記者招待會。」

這種發瘋的事我做過，而且不只一次，現在回頭想想，以第一次最有「發瘋」的氣氛。

事情緣由我的第二本德譯小說集《翡翠戒指》，要在法蘭克福書展中公開發售，糟的是它與第一本德文書《夢痕》的情況一點也連不到一處；《夢痕》在德國出版，作者叫趙淑俠，《翡翠戒指》在瑞士出版，作者是蘇茜陳，明明是一個人寫的，看上去卻彷彿風馬牛不相及，極可能趙淑俠的讀者缺乏興趣買蘇茜陳的書，那麼對《翡翠戒指》的銷路就會大大的不利，我的瑞士出版社主人桃莉絲・弗律克女士，是個做事永不服輸，腦子隨時會生出一堆怪點子的女強人，她既印了這本書，就得叫它銷得淋漓盡致，於是她的藍眼珠一轉，主意就油然而生。

「蘇茜，為了我們的書，你應該在法蘭克福書展裏舉行個記者招待會。我已經替你向大會申請，一百份邀請信也發了。」

「哎呀！你怎麼不先問問我？這事太荒唐。」我大感驚異。

「別擔心，到時我、林懷聶、布爾更，都會幫你撐場面，你做主角，我們三個做配角。」桃莉絲樂觀的說。

我可沒她那麼樂觀，西方文壇，大門關得鐵緊，對接納中國作家並不熱心，我怎會天真得認為我要開記者招待會，一百位記者就蜂擁而至？其中有幾個記者能弄得清蘇茜陳是哪國來的老幾？不過，轉念一想，成敗何須那麼介意！希望越小失望也越小，不如把標準訂得偏低些，姑且暫定十分之一，請到十個記者總不能算是奢望吧！這麼一想，心頭的疑惑全消，認為萬無一失，頓時神安氣定。

不巧的是遇到個奧地利作家，他得知我將開記者會，便熱心地問，為我印書的出版社大小？我說不算很大，是個專出女作家作品的。他說那可糟透，上年度他的出版社也曾支持他開記者會，準備了一百人份的飲料和下酒的小點心，結果只來了兩個記者，其一且是他朋友的表弟，而他那出版社還比我的大，他只好把吃喝全送給路過的陌生人。

天哪！原來十分之一的標準不但不偏低，尚嫌偏高。

那一天終於來了。書展的新聞中心闢有幾間會議室，專為供給各單位招待記者用，節目排得環環相結，某日某時某人使用早經扣定，每次使用最多不可超過一小時，一般是四十分鐘開會，二十分鐘用來預先準備和善後整理。我們也不例外，桃莉絲一聲：「時間已到。」開步就走，高跟鞋踏著磨石子地得得的響，另外三個——翻譯家林懷聶，出版社的審稿人布爾更博士，加上我，急急地跟了上去。路上我問桃莉絲：「你有相熟的記者嗎？你相信會有人來嗎？」「我一個相熟的記者也沒有。難道邀請信還不够？」她顯得有點不安的。

會議室的門大敞著，面積約四坪見方的樣子，四個人都放下了心，覺得就算只來小貓三五隻，也不至於顯得太難堪，不料這時突然閃出個中年男子，態度文雅笑容滿面，自我介紹是會議室管理員。「各位女士先生，會議室裏沒有人，你們可以進去。不要客氣！」管理員說著推開一扇門，一間廣闊如禮堂的大廳空蕩蕩的赫然出現，成排的桌椅擺得整整齊齊，少說也可容納三百人。這下子四個人面面相覷，誰也出聲不得。寂靜之中，忽聞外面人聲沸騰，「聽，人已經來了，還愁個什麼？」桃莉絲興奮得藍眼珠直發亮，一馬當先的奪門而出，我們三個也趕緊奔到外面。

原來人跡渺渺的過道，此時風雲大變，擠滿了提包携帶或身背照相機的男女，他們個個氣急敗壞，連我們會議室的門也不及掠一眼，便逃命似地往前衝去。

「這是怎麼回事？」漢學家林懷聶問。

「你們等在這兒，我去看看情況。」布爾更博士擠在人羣裏去了，頃刻間又訕訕的轉回來，「怎麼會把蘇茜陳排在這個時辰？塞福瑞・朗士在裏頭那間開招待會，記者們怕去晚了找不到位子，所以爭先恐後的。」

我的心立時隨著布爾更的話沉到谷底，失望加上絕望。誰是塞瑞福・朗士（Siegfried Lanz）？他是當代世界級的德國文學重鎮，這年法蘭克福書展和平獎的得主，前兩天才從德國總統手上接過獎狀，書展大會當局鄭重其事，邀請幾百名重要相關人士，儀式在教堂中舉行，其人文名赫赫，德語世界裏沒人不知道他。把我這樣一個不過出了兩本德文書，讀者們陌生得連名字都叫不出的外來人，弄成跟他打對臺的陣勢，不是成心開我的玩笑，甚至有毀滅我的嫌疑嗎？我越想越灰心，暗中埋怨桃莉絲做事欠考慮，「不如乾脆取消這個會吧！不可能有人來的。」我說。

「我抱歉，想不到是這樣的局面。」林懷聶無力的口吻。

「這樣的局面並不稀奇，以前我跑新聞也是挑熱門的鬧，事實上作家舉行記者會的結局常常如此。」布爾更博士冷靜的說出她的經驗。

「眞見鬼，怎麼會遇到他！」桃莉絲懊喪得直跺腳。

四個人正嗟嘆焦急間，忽見一個記者模樣的人，手裏捏張小紙條，一邊低頭看，一邊探頭探腦的找什麼。「請問，蘇茜陳是在這裏開招待會嗎？我是××報的記者。」

「啊？」四個人不禁異口同聲的歡呼，桃莉絲連忙把我推到前面：「這就是蘇茜陳，你要參加她的招待會嗎？」

「你好，陳女士，我是專程來採訪你的，因爲剛看到這張瑞士報，你的新作《翡翠戒指》，在瑞士已經連著兩個星期佔暢銷書排行榜第五名了。」他指指那張複印的小條子，桃莉絲已一把接過，「呵，可不是嗎？蘇茜陳，《翡翠戒指》排名第五。」她笑出了聲。

第一個記者還沒進會場，第二、第三、第四個也慢慢的顯形了，有男有女，有老有少，這可是怎麼回事？我正納悶間，倏的眼前一亮，在一堆白人之間發現了三張黃面孔，再仔細一瞧，先吃了一驚，接著也忍不住高興得想笑。三張黃面孔中，著黑皮夾克的是大陸作家鄧友梅，穿整套西裝的是大陸作協的德語翻譯金弢，都是一九八六年我去北平認識的朋友，不相識的只是那位站在他們兩人之間的年輕女士。鄧友梅忙給介紹說：她叫程乃珊，是近年來極受矚目的文壇新秀。我奇怪他們怎會知道我在此？三人都道是一位叫阿倫的法國友人，告知在此時此地，有個中國作家在新聞中心舉行記者招待會，當他們知道是我後，便請陪伴的兩位德國友人跟著一塊趕了來。這時兩位德國友人也笑殷殷的來握手招呼了，竟也是以前見過面的，刹那之間忽然變出許多「故人」，自是皆大歡喜。

桃莉絲一反先前的急躁，裝模做樣的微笑著站起身，正要致辭，會議室的門被推開了，進來一個東方人，中等個頭，戴眼鏡，三十多歲的年紀，身背照相器材箱，顯然是位記者。他輕手輕腳的挑個靠門的位子坐下了。我卻費起猜疑：他是那國人？日本、韓國、印尼、新加坡？難道是臺灣來的中國人？又像不太可能，總之，這天的一切都有出人意表的怪異。

招待會按計畫進行，發行人、改稿人、翻譯人一一講過話，最後由我朗讀《翡翠戒指》裏的一段，便算大功告成，接下去是大家發問。整個招待會是用德文進行的，幾位老中，除金弢外，全等於聽天書，但是他們耐心的從頭撐到尾，見大家拍手必拍得比別人更熱烈，眞是捧場到底，表現了深厚的血濃於水的感情，也使我在眾洋人中大有顏面，坐在我旁邊的桃莉絲曾悄聲對我說：「你們中國人眞團結。」

因爲先前躭誤時間太多，不待聽眾發問完畢就得散會，以便留點空閒來吃喝，否則那一百人份的葡萄酒和小點心將無處消耗。

洋朋友們吃喝甚樂，多人請我簽名，有的記者相邀另做專訪，唯獨幾位遠道來的故鄉人，既不吃又不喝，說是只爲參加我的招待會，給我支持，才一心不定的待到此刻，下一站的時限已到，勢必得告辭了。我與三位大陸同胞兩位德國朋友互道珍重而別，臨走時鄧友梅說了一句話：「憑你單槍匹馬一個人，闖到今天這個程度可眞不容易。」

我一直沒忘那位不相識的東方人，見他也是不吃不喝，背起器材箱擡腿要走，趕忙丟下別人攔了上去，沒想到不待我開口他倒先說了：「趙女士，我知道你。你的小說《落第》在《文壇》連載的時候，我正在朱嘯秋先生那裏工作，你那稿子是我校對的。我在新聞中心看到你開記者會的消息……」

好個奇妙的世界！這不眞是萬里他鄉遇故知了嗎？談起來，才知道這位朋友叫陳中雄，是應幾個文化組織的委託，專程來採訪書展消息的，他也說：「一個中國人孤單單的在海外奮鬥，是很艱難的哦！」

記者招待會喜氣洋洋閉幕，會議室的下個使用者已十分不耐的在門口等著接棒。四個人連忙收拾零碎騰空地方，離開新聞中心大廈。我的一顆心，既是興奮，又是感慨，也有份描繪不清的，依稀是苦澀的情緒。

事後，桃莉絲、布爾更、林懷聶和我，四個人聚在一處檢討，爲什麼我們到了會場之後那麼久才有人來？是那些人不守時嗎？可是怎麼會互不相識的人，不約而同的一起遲到？是我們去早了嗎？又怎可能？每次使用單元一小時，如果去早，場子應在佔用中才對。想來想去想不通，喜歡凡事打破沙鍋問到底的桃莉絲決心撥個電話去問管理員。一問之下，才知我們鬧了多大的笑話；原來在我們之前的使用人，半個記者也沒等來，空坐了三十分便快快離去。而緊張大師桃莉絲情急之下看錯了錶，一錯早了半小時，我們三個不疑有他，懶得錶也不看，跟著就跑，結果是庸人自擾虛驚一場。

那以後我又開過兩次記者招待會，前車之鑑不遠，沒有再犯相同的毛病，雖然成績還差強人意，總有記者光臨，但臨時闖來故鄉朋友捧場的事未再發生過，因此也沒再有過那麼多的驚喜。

一九九〇年七月十二日「中央副刊」

作協，做些什麼？

在歐洲，作家們的組織花樣繁多，只拿德語系統的德國、奧地利和瑞士三國來說，什麼作家聯盟、作家聯誼會、寫作同盟、作家屋、作家線、作家點、XX區作家俱樂部、文學研討會、姐妹寫作網、文學沙龍、咖啡館文學座談會……，如果一一數落下來，怕寫滿這張稿紙還嫌不够。

寫作團體雖多，可說完全是作家同仁間的聯誼性私人組織，每個團體的成員多寡，端看那個團體所標榜的宗旨是什麼？能吸引多少志同道合的朋友。若問這些文藝社團能發揮何種功能？答曰：無非是開開會、聯聯誼、或偶爾辦個演講會座談會，限於經費和人手，難以產生更大的作用，與全國作家協會那樣的組織，所能發揮的影響力和功能，是不能同日而語的。

全國作家協會，一般簡稱「作協」，就像國際筆會分會一樣，差不多是世界各國都有的組織，不過，名稱雖無甚大區別，工作的範圍、內容，與作家們的實質關係，和其在社會上的聲望、地位，所能扮演的角色，卻是各有千秋，不盡相同。以瑞士爲例，各式各類的作家團體多如雨後春筍，幾乎每隔三五個月，便會在某城市某鎭或某鄉，忽的出現某某會或某某社，但無論什麼會和什麼社，其歷史的悠久，地位的崇高，跟作家關係的密切，連國際性的組織筆會在內，都不能與作協相提並論。

作協究竟都做些什麼？何以在作家的生活中佔如此高的分量？她到底是怎樣組成的？性質若何？官方乎？私人乎？經費由那裏來？誰在裏面管事？我想這兒不妨講得詳細些，說不定可以給咱們的作協（文協）當借鏡，至少能做爲「參考資料」，他山之石可以攻錯也。

必也正名乎

瑞士的全國性作家組織，分爲兩大派系，一爲「瑞士男作家協會」，德文全名是 Schweizerischer Schriftsteller-Verband），簡稱SSV。難道瑞士沒有女作家嗎？爲什麼作家協會以男作家爲標誌？還是男士們有心以強壓弱，故意忽視女作家的重要性？兩者都不是，只是習慣於這麼叫。德國、奧國的作家協會都是這個名字，到現在還沒出問題，唯一出問題的是瑞士。女作家們不能忍受永遠被男作家的陰影籠罩，提出抗議，理由是：Schriftsteller 這個字是指男性作家，不能代表女性，那麼會中的一半女作家該往那兒放？

道理絕對不錯，德國文字就像德語系統的人那麼嚴肅固執，說一不二而黑白分明，Schriftsteller 的意思是男作家，Schriftstellerin 才是女作家，男是男，女是女，誰也不能代替對方，把「女作家」這個字加到協會的全名裏去應是極合理的。但是，作協原來的名稱裏已有兩個S，SSV叫起來蠻順口，如果加個 Schriftstellerinen 進去，就變成了三個S，聽聽看SSSV！是不是有點像呼救命救火的信號？一位老耄之年的男作家有鑑於此，站起身激昂陳詞，說數十年來叫得順順當當的SSV，憑空的又添了個S，女性同仁存心擴張大女性主義的企圖姑且不論，僅從字面上來看，這麼一大串S也叫不順口，「其實啊！重要的是把文章寫得跟男同仁一樣好，何必爭些鷄毛蒜皮的小過節。」他笑咪咪的以這句話做爲發言的結束。

誰知他一語甫畢，蜜蜂窩頓被撲翻，眾雌嘷嘷，女同仁們花容變色，對他羣起而攻之。一位生了對波斯貓般綠眼珠，身裁婀娜，已入中年卻仍看得出風韻的女作家道：「這麼多年來，女作家的存在一向被忽視，加上一個字，正是表示我們的存在，你居然怕叫不順嘴而反對？好個自私自大的人！」這位剛說完，另幾位女士又相繼發言，紛紛指責，一位年輕的女同行非要他舉出：「女作家的文章寫得不如男作家好」的事實。炮聲陣陣，轟得這位老先生一臉是屁，訕訕然不再開腔，而多位男作家也表示男女應求平權，雖說只是一個字的問題，也不該打馬虎眼。於是全體舉手表決，少數服從多數，「女作家」的字樣不但加了進去，還加在「男作家」的前面，很合西方社會的紳士作風，女作家們甚覺揚眉吐氣，不過原來叫得挺順口的SSV，又添上一個S，真的疙疙瘩瘩，叫不順口了。

SSV只是全國作協組織的一半，另外的一半叫做「索羅通寫作羣」（Solothurner Schriftsteller-Verein）。索羅通（Solothurn）是瑞士中西部一個文化古城，因是這個寫作團體的發起處，和至今的會址永久所在地，故以名之。除此之外，「奧騰寫作羣」（Gruppe Olten）和「波頓湖區寫作聯盟」（Bodensee-Club），也是常常發揮積極作用，舉足輕重的寫作人團體，但與SSSV和索羅通寫作羣相比，他們都得退避三舍，這兩個在作協名下的組織，可說是非常官方性並被公認的。

容納不同聲音

一般人對這兩個寫作團體的看法是：SSSV裏的成員多屬和平公民型，言論溫厚、作風穩健，就算批評或指責什麼，也不會疾言厲色，這個團體裏作家出版的作品，多不出純文學的範疇，激進社會改造類作品不會出現在這兒，所以被目爲「保守」，SSV的另個名字，甚至稱做「瑞士保守派作家聯盟」。

「索羅通作家羣」可就不同了，他們的成員多半年輕，思想和言論趨向前衛，熱心關懷政治，敢於干預生活，在這個團體裏，很難看到珠光寶氣的女士和西裝筆挺的男士，這兒多的是藝術家派頭的文化人，在外觀生活形態上表現出極度的隨意，骨子裏發出的關懷面卻放眼天下，某國監禁作家要寫信去抗議，某國沒有言論自由要通電去譴責，對自己的瑞士就更不用說，經常嚴詞批評，與傳統社會唱反調，因此他們的另一個稱呼是：瑞士左翼作家聯盟。

一個「保守」，一個「左翼」，兩伙人搞不到一起去可想而知。難得的是，雖搞不到一塊去，卻並不相互排斥，雙方所持的態度都是：「世界上有我們這樣的人，就可以有你們那樣的人，彼此之間何來衝突？」基於雙方都有這種胸襟，多年以來也就交往得融融洽洽，SSV開年會要請索羅通寫作羣派代表來做貴賓；索羅通舉行一年一度的「文學週」活動，SSV的會員都會接到請帖，歡迎去參加盛會；聽文學演講、聚餐、認識文友。總之，雙方都心情坦蕩蕩、落落大方，認爲容納不同聲音是天經地義的事，而別人不想聽我的聲音是人家的自由，何輪到我老三老四的去管閑事？這麼一想，就天下祥順，和平共存了許多年，沒有因爲誰人寫了什麼便撰文大罵一場，或扣帽子一頂，乃至做人身攻擊的事發生。

作家與作協

在瑞士，作家與作協關係的密切，勝過一切其他的寫作團體，如果說作協是作家的「家」，亦不爲過。作協之與作家如此關係密切，乃因其作用不僅是偶爾開開會聯聯誼，而是在作家的寫作生涯裏，要做許多實質的、有關福利和保護的工作。

這兒所謂的福利和保護，也不是說像一些共產主義國家那樣按月發薪水，事實上西方國家的作家並不羨慕作協付薪給的制度，他們要寫作自由，也要有個組織在背後做靠山，一旦遭遇到因寫作發生的困擾，如版權被盜、名譽受損、遭出版社苛扣、或做文學演講沒得到合理酬勞等等，都可訴諸作協。作協設有常年法律顧問，專給作家們解決問題，不收分文——在瑞士，律師費奇貴，打官司是傾家蕩產的事，若非作協給旗下的會員備有這種免費律師，則窮如作家者流，只有任人剝削，眼睜睜的等著吃虧上當而一籌莫展，作協的這項措施，頗具恫嚇效果，作家雖弱，唯他後面那個作協和那大律師甚強，誰想欺侮作家先得考慮將付出何種代價？於是，想盜印的歇了手、企圖苛扣人的乖乖從腰包掏出鈔票、喜造謠生事壞人名譽的不敢信口雌黃，作家們因此少了許多事，省了許多心，得以清清靜靜的寫作。以上舉的不過是最簡單的例子，實在作協對作家的責任不只這一點點，其他各項容後再說明，這兒首先要打岔問一聲：作協爲作家做這許多服務，要不要附帶什麼條件，索什麼代價？答曰：不需要。按時交會費，不做有損會譽之舉，便是全部的條件。

作協，純粹是爲作家謀福利的組織，而不是管作家的機構，講究寫作自由的地方，作家不需人管，開會時也不會有人提議弄個「寫作政策」之類，萬一有人提議，絕不會通過尚是其餘事，那頓被指爲「獨裁」的罵可不好挨；怎麼！你想干涉我的創作自由？我有自己的寫作政策，愛寫什麼就寫什麼，需你來多事嗎？所以，這兒確沒有寫作政策和寫作路線之類的玩意兒，自由之對於作家，就像空氣對於所有人類那麼自然，是無須討論的。如果某人發表了某種言論正好不合另外某人的口味，引起杯葛或反彈（這類事件倒層出不窮），則純粹是私人事件，與作協或寫作政策無關。

一個組織，只給你服務、保護、解決問題，而不索取回報亦不干涉或「管教」你，你怎會不跟他親呢？所以，在瑞士，作協的另個意義就是作家的「家」。

作協，到底做些什麼？

一九九〇年六月二十三到二十四日兩天，是SSV的全體會員大會，在會期的一個月之前，會員們便收到秘書處寄來的年度工作報告，厚厚的一册，把一年來做的事，如舉辦了多少場文學演講，進行了多少次與外國的文化交流活動，某人出面與某處或某方辦了何種交涉？加入了那些新會員，死去了那些老會員，那個會員得了什麼獎？那個會員出了什麼書？某處或某人設了什麼文學獎，會員們可以去應徵。五花八門，會員想知道或該知道的事皆在其中。册子裏照例會印有幾張記錄照片，譬如協會主席在接待來賓的宴會上與客人碰杯互祝的，或某位理事到某國訪問時開會座談的，一九八八年瑞士的暢銷書作家艾偉琳・哈瑟洛（Eveline Hasler）應中國大陸作協之邀前去報聘，在上海與作家王安憶、茹志鵑、程乃珊的合影就在那年的年鑑裏。

作協秘書處除按時編年鑑報告工作成績，隨時按需要發通知邀請會員參加文化活動外，經費運用和會計收支更是報告得清清楚楚，一絲一毫也不肯馬虎的。在一九八九年的一厚疊帳目清單裏，我只大略的翻了翻「爲同仁輔助支出」一篇，見其支出的二十四萬七千一百三十元零三毛的瑞士法郎裏，包括資助出國開會、訪問、接待友國寫作團體來訪、津貼同仁出版作品、爲同仁繳養老金、補助演講費、爲貧苦同仁解除困境等等。

也許讀者看到這兒會不懂，作家出書是出版社的事，爲何要作協津貼呢？印書出書當然是出版社的專業工作，不過如果一本書印出來，沒有賺錢的保證，反有賠錢的可能，便很難找到一家出版社甘願冒險，若是作家自己願掏腰包出一部分印刷費，事情就好辦得多，問題是不走紅的作家多窮得鐺鐺響，別說拿出筆數目可觀的印刷費，就是湊出筆數目小得不起眼的生活費也困難。以寫作爲終生目標的人竟無機會出書，該是何等之悲慘！於是作協酌情相助，需要資助的作家找到了願合作的出版社，便由出版社出面負責申請；作品複印稿、印刷計畫和預算一併寄到作協秘書處，經由特設的審查委員會（計委員五人）表決通過，或津貼一半，或四分、三分之一，或根本一文不給，結果要看這幾人對作品的意見。審查委員按章年年改選，以避免循私舞弊之類的事發生。

在歐洲，作家做文學演講和發表作品一樣的自然。一本新書出來，若還能引起注意的話，必有接踵而來的邀請演講，妙的是作家不可「白講」，非收演講費不可，理由是作家靠作品生活，演講是作品的副產品，也是作家賺錢管道之一，如果某些作家願意白講，那堅持收費的作家還有人請嗎？演講費的最低標準作協早有定數，若是某個窮文化團體，或是雖不窮也不肯多花錢付作家演講費，連最低的標準也達不到的話，這作家可把收據寄到作協請求補助，作協便會把不足之數補上，至少求達到最低標準。

瑞士是養老制度做得最完善的國家，一般人當薪水拿到手時，百分之六的社會養老金和另百分之六的工作養老金已被扣去，數目雖然不小，但想想積錢防老，可以一生生活無慮，也覺心甘情願並增安全感。這種安全感作家們原是沒有的——因作家不拿薪金，沒有固定收入。經過商量又商量，秘書處的人奔走又奔走，如今作家們終於也有了終生養老金，數目也有一定標準，作家自己出一半，作協代出一半，假如作家連一半或四分之一也出不起，作協便只好多出，一定要合乎規定數目。爲同仁繳養老金是作協財政上的一大負擔，但正如在一次開會時一位同仁所說：「作家爲老來生活無著而擔憂，則怎能安心寫作！」所以大家都認爲這筆錢花得值得。相同的，作家也可通過作協參加疾病保險，當然作協又得貼錢。作協就是這麼一個給作家做後盾謀福利的，實實在在的組織，不是空頭名銜。

誰在辦事？

說到這兒保不定又有人要問了：作協要辦這許多雜務，當秘書的人還有日子過嗎？怕要雇個專職人員吧？答案是：不錯，秘書處的三口人，一位正秘書，兩位副秘書，全是支薪的專職人員，他們與寫作無關，亦不見得對文學有興趣，之所以到作協擔任秘書工作，乃因幹的是文秘與管理這一行，倘若不到作協，在別處也照樣幹這類活兒。他們辦事盡心又在行，效果極佳，比以前作家們互選出來的義務秘書不知高明多少倍，給作協爭取經費，爲同仁謀求福利，能爭得的權益一定力爭，該開源處開源，應節流處節流，凡事管得井井有條，不會像不懂生意經的呆作家那樣，把財政行政都管得一團糟，付他們薪金，大家沒話說。

作協主席和副主席是兩年一任，經全體會員不記名投票選出，同時選數名理事與監事，借句瑞士文友的話說：「選來選去總是那幾個大腦袋（意指鋒頭人物，明星）。」在選主席的同時，秘書處的三位人物是否續聘也要付諸表決，花錢雇人，必得合意，得力有用便續約，不賣力辦不好事就拆伙，正因有這麼個合約，雙方都知自身的權利與義務，賓主之間相處極好，至今還未發生過中途拆伙的事。

瑞士作協和世界上所有的文化機關鬧一樣的毛病：經費拮据，鬧窮，要一元一分的算計著過日子。每年除了從文化部門得到的二十多萬法郎固定收入外，就靠會員們每年每人一百法郎的會費。由於調度得法，尚能做到收支平衡。除了這兩筆正常收入外，作協還存有一筆基金；大多是熱心文化的機構或私人的捐款，也有那種無甚親人，眞把作協當成家庭，把文友當成親人的同仁，死後把財產留給作協，指明用來周濟生活困難而堅持寫作的朋友，因此作協除有一筆輕易不動的存款外，還有兩三處永不變賣的房產，這些房產乃供給有需要的同仁去住上一年半載，安心寫作。誰能取得免費居住的權益，端看需要的程度和申請先後秩序。

總之，瑞士作家雖窮，作品銷售空間雖不寬廣，可大多數作家還可勉強生存，主要原因，乃因有個作協在後面支持。我同時也是西柏林作協的會員，與奧地利作協也曾有些往還，在客觀的相比下，覺得瑞士全國作協爲作家服務的週全和範圍，確勝一籌。

因我向來是「不革命」的人，所以是SSV的會員，與索羅通羣往還不多，唯其中也有幾個相識者，據知他們從文化部門取得的支助與SSV相同，會員福利亦辦得十分完善，尤其他們一年一度舉辦「文學月」時的文學演講，辦得有聲有色，整整一個月，每週從星期五下午到星期天晚間，連續的同時有幾組演講或新書發表會，成名作家固然要談談自己的新作，未成名的新作家也有機會自我介紹，「索羅通文學月」是出名的。喜好文學的人，常常從遠道趕來，買張月票，與之所至的聽所喜愛或厭惡的作家的演講。在歐洲，文學演講對作家就像寫文章一樣自然的事，一個沒有演講機會的作家就像坐冷板凳的舞女，作品必是不吸引人也少人光顧的。但講些什麼？怎麼講？誰來聽？誰付演講費？常因環境的不同有所迥異，文學演講，是個大題目，這兒是說不完的，待將來專寫篇文章來報導吧！

一九九〇年八月十四日《臺灣日報》

三城記

波士頓之夜

去年十月到波士頓時，正是楓葉紅遍的金秋季節，天氣和順溫煦，陽光日日普照，讓做客的人感到，這是個充滿喜悅與文化香醇的城市。

在波城停留三天，節目安排得豐富而多采：將小說《賽金花》手稿捐贈哈佛大學燕京圖書館，面交吳文津館長。承蒙駐外單位宴請，與大波士頓區學界及文化界的朋友相識。波士頓區域以外的詩人鄭愁予，和他太太開了三個多小時的車，也趕來了。一時冠蓋雲集，座中盡是博學之士，使我獲益頗多。接著是在北美華文作協和大波士頓區中華文化協會，聯合主辦的文藝座談會上演講。一環連著一環，絕無冷場，而且每一環有他獨特的顏色，這三天可謂過得紮紮實實。之所以安排得這樣好，當然全仗華文作協波士頓支會的會長，張鳳女士的精心設計。

張鳳前年歐遊時，經外國朋友引介與我結識，她謙虛的說是我讀者，並有意請我到波士頓「玩玩」。在這以前我在報上讀過幾篇她的文章，覺得她思路精深文筆流暢，有學院科班出身的根柢，對之印象甚佳，也就口頭答應，沒想到去年十月忽到洛杉磯開會，一路往前走，第一站正好是波士頓。到了波士頓，才看出這位女士眞的很能幹，組織力強，能言善道，「外交」辦得漂亮，家也料理得有條不紊。夫婿黃紹光博士雖爲傑出學者，卻隨時可按太太的需要——譬如太太請了某人開會演講，駕車到機場接送，發揮「文學女人的丈夫」的精神，做些雜務。

那天下午在文化總會活動中心的演講會，貴賓雲集，發言踴躍，原以爲已是三天之中的高潮，沒想到會後的聚餐，餐後沙龍式的閒談，才是波城之行最難忘的。餐會設在一位湯教授家，張鳳告訴我：他的房子最大，談話地方够寬敞。既是聚餐，女士們便各顯身手，擺出烹飪本領，眞正白吃不出力的，只我一個。對中華文化特別關心的王申培教授，演講會時夫婦同在座，熱心的提出問題，此刻卻見他帶著太太做的拿手菜，獨自而來，「她正巧有事。」王教授向我解釋。王太太童元方女士專攻文學，王教授弄的是科學卻能寫文藝性的文章，是羨人的幸福的一對。

餐會中有新知、有舊友，在哈佛大學擔任東方藝術館館長的林衍秀，和她夫婿趙昌熾同來，最是令我感動。衍秀是大妹淑敏讀師範大學時的好友。上次見她是在三十餘年前的臺灣，都是二十幾歲的青年人，此刻再見，彼此已邁過大半的人生路，令人感觸良深。衍秀與昌熾是中學時代的同學，堪稱青梅竹馬，兩人相扶相持的在美國打天下，事業有成外，還建立了一個有兒有女的幸福家庭。讓人慨嘆的是，四年之前昌熾罹患了癌症，於是他們夫妻便成了同憂患、共甘苦，携手與惡疾苦戰的鬥士。

「我們珍惜每一分鐘在一起的時間，每天都要好好的過去。」衍秀說。他們毫不避諱或懼怕，態度坦然。我勸他們不要參加餐會吧！他們仍雙雙而至。餐畢坐在地下室，談話的題材轉爲輕鬆，從男女之間的愛情、友情、婚外情，談到人的生老病死、生命的本質。昌熾侃侃而談，一點也不像身染絕症的病人，他的瀟脫和勇敢，實在令我佩服。

話題由在座一位朋友的問話引起。她問：爲什麼每一個小說裏都描寫愛情？人都需要愛情嗎？有人一生沒眞正的戀愛過，可也活得很好，怎麼回事呢？

寫小說的人，常常被當成戀愛或婚姻問題的專家。事實上紙上談兵與眞正實踐是兩回事，也有那把愛情寫得悱惻纏綿的作家，本身並沒眞正的戀愛過，或是把婚姻相處藝術寫得頭頭是道，自己是個婚姻失敗者，甚至根本沒結過婚。不過，你既能寫，就能說，讀者相問怎可茫然以對？

我說，愛與被愛是人的本能，每個正常人的靈魂裏，都潛藏著那麼一個因子，說它是電極也好，是磁石也好，反正是那麼一個起異性相吸作用的東西。兩個陌生男女萍水相逢，忽覺一見鍾情，正如目前流行說的「迸發出愛的火花」，就是這種潛能發揮功效了。這好像出痲疹或發水痘，一輩子總得出那麼一次。當然也有很多人從來沒得機會讓這種潛能顯現，以爲日久相處的平穩感情就是愛情。那也不錯，反而容易滿足，沒有大幸福也沒有大痛苦。

另位朋友問：現在怎麼這樣流行婚外情啊？什麼看法？

婚外情有兩種：一種是對平淡的生活過膩了，有意探探險。懷著這種心情的人，追求的多半是輕飄飄的男歡女愛，不見得是什麼了不起的愛情，對婚姻也不會構成很大的威脅。另外一種就嚴重，譬如像前面所說的：一個男人或一個女人，到了適婚年齡覓得適合自己的伴侶，婚後過起平穩生活，從不知道在自己血液裏埋藏著那個會發火花的因子，身旁的那個另一半也激不起那火花燃燒。這時候，假若忽然遇到個能夠激起那火花迸發的第三者，他或她的那種要去愛和被愛的本能便被激起，而且力量巨大。這類的婚外情會對婚姻造成破壞，縱然不離婚，相比之下，那點平淡的感情已無存在的餘地。愛情追求的乃是超越。

愛情、婚姻，是人類生活的基礎，也是心理和生理的根本需求，兩性間一切情況的發生，都有可解釋的背景，絕非幾句泛道德的評語可以涵蓋。不論中外，討論這方面問題的專書都很多，也是這個原因。

最後又談到中華文化往何處去？這當然又是個大而嚴肅的課題。在座的人，不管學的是那一行，從事的是什麼工作，都有一個共同的最愛——我們自己的文化，而且離國越久、越遠，愛得越深，話也談得越感性。

會散時已是午夜兩點，紐英侖的秋夜，清風瑟瑟繁星滿天，友情的溫暖似乎也抵擋不了黯黯鄉愁。張鳳和紹光把我送回住處。明天又是一場新別離。

洛城「文」網

遠征洛杉磯，爲的是開我們女人的會議，「世界華文女作家聯誼會」的第三屆年會。會長陳若曦是最早的發起人，爲成立這個會費了不少心力，我自然要來「捧場」，何況下屆會長將是我少年時代的同窗於梨華。吳玲瑤和蓬丹負責接機，盤桓半日，終於把要接的都等到了，簡宛、李黎、陳少聰、劉安諾、琦君和范思綺偕同她們的另一半等等，把那小巴士擠得水洩不通，開車的是男作家周愚。玲瑤介紹時說：他是女作家之友。

全車的人，除玲瑤外我皆屬初見，當然她們的文名早聽過了。會場和下榻之處是西來寺，由機場駛去足足兩個半小時，文友們一見如故，說說談談，不覺路途之長，我坐靠窗的位子，便於瀏覽外面景物，很想找出與上次來洛城時的同與不同之處。

上次到洛城純爲探親，親戚帶著東走西看，無非是好萊塢、狄斯奈樂園、中國城等處，另外跑了一趟拉斯維加斯，蜻蜓點水，走馬觀花，本想與一個中學時代的好友見面，卻是陰錯陽差沒聯絡上。那趟洛城之行也就清清淡淡，沒留下多少深刻印象。此次舊地重遊，一下飛機就與這許多文友相聚，自是無限歡喜。

會期三天，在座的四五十位姐妹盡是女中俊秀，手中各握一枝生花妙筆，被書卷浸潤的女子們，少沾塵俗，多有致韻，與西來寺人間淨土的聖穆之氣頗能配合。第一天討論的主題是「女性主義文學」，隨著平路和李元貞的精彩演講，女作家們展露了她們另方面的才華——雄辯。大家發言踴躍，題目自然圍繞在「女性主義」的範疇，兩個非女性的特別來賓：紀剛和周愚，卻是默默無語，面帶謙卑微笑，表情倒有點像五十年前的受氣小媳婦。女權主義的高度伸張，大概叫這兩位男士多少看出些許自身的「渺小」。

紀剛是早就認識，每次我回臺北，在文友們的邀宴上總見到他，近年他把行醫多年的牌子摘了，和太太到洛城的女兒家過退休生活，逍遙而愜意，稍遺憾的是他不會駕車，行動受到限制，自由打了折扣。說起來他與我同是東北人，同姓趙（紀剛本名趙岳山），同不會駕車的「三同」。問他懷鄉嗎？寂寞嗎？他說懷鄉或有，寂寞則無，「洛城文友多啊！」洛城確是華文作家集聚之地，這次開會，使我有幸見到「洛城作家羣」中的大多數女性，蓬丹、王克難、王仙、張文驪、張幼珠、黃美之、心笛、白狄兒、文采飛揚的戴文采、姿容秀美的裴在美、洛杉磯作協會長楊華沙、中國電視臺的董事長謝瑾瑜、和人稱「洛城二周」之一的周愚先生。至於吳玲瑤，是洛城華文文藝圈裏的外交家，誰不認識她！

文人送禮，秀才人情，分別時贈書留念，我預先寄到的兩盒書，一半捐給汪燮博士主持的 Irvine 加大圖書館，另一半分送給各路文友。收到的「回禮」也是滿滿一大盒，其中甚多爲洛城文友相贈。展卷而讀，妙趣盎然，覺得洛杉磯地靈人傑，是個出作家的地方，人往這兒一住，好像文思便油然而至，處處都是可寫的題材。這個印象，在我讀了周愚先生的《洛城停、聽、看》之後，尤爲深刻。

《洛城停、聽、看》，是一本以輕鬆愉快的筆調，抒發一個華人新移民的感情、感想，和感覺的小品文集。全書共分四個篇章：生活育樂篇、入鄉隨俗篇、美鈔支票篇、親情友情篇。內容全是記述作者定居洛城之後，日常生活裏的所見所聞，或親身經驗的點點滴滴。很能反應出一個今天的臺灣中產家庭，移民美國後的喜怒哀樂。這裏面有因中西文化和習慣的迥異所引起的不慣，譬如在臺灣一向把薪水袋拿回家，喜歡看太太數錢時的「喜悅感」的周先生，現在只能拿一張紙（薪水單）回家，購物也不帶現款，流行用信用卡，最初兩人都不很能適應，感慨的道：「自從來到美國，再就沒見到錢。」

人到中年，在一塊陌生的土地上重建家園，面對新奇的事物必定不少，像成人學校，在中國是沒有的，最初也曾令周先生感到懷疑，但在那兒念英文的一段日子，如今卻是他「最懷念的」。美國人好搬家，地址姓名動不動就變，和他們的愛吃維他命丸，郵票可以郵購，離婚事件之稀鬆平常，以致不知用什麼樣的字彙，才能向他們解釋清楚：中國人把結婚看成「終身大事」的觀念等等。過節雖小，作者卻在其中體驗出美國人對生活的態度，並能設身處地，欣然容納。

我以為《洛城停、聽、看》中最動人的，是最後一章的親情友情篇。從這一章裏，我們清楚的看到，作者一家三口，怎樣開始他們在洛城的新生活：夫妻相扶相慰努力工作，唯一的孩子勤奮讀書，把他們小小的三人世界建造得鞏鞏固固，前途光輝燦爛，正合「家和萬事興」那句老話。作者寫他們的夫妻之情，坦白的說出太太是他的「初戀」。以非常輕鬆的口氣描寫「女兒回鄉」，背後透露的卻是天下父母心。弟弟一家來訪，他是以什麼樣的熱心，一一展示洛城具中國特徵的一面，以解弟弟和弟媳長居東岸小城，難得嗅到中國氣味而引發的鄉愁。這裏有夫妻的互相瞭解與愛惜，有父母子女間的骨肉天倫，有兄弟的手足情深。

洛城文友多，應是作者最引以爲慰的，在〈以文會友在洛城〉一文裏，他寫了一大串文友的名字，而且說彼此間常通電話，並經常舉行座談會和聯歡會，以「增進感情，交換心得，相互切磋」，也因此「得到了最大的樂趣」。文人生活在文友羣中，怎會沒有如魚得水的自在悠然。

《洛城停、聽、看》是一本非常生活化、富知識性的書，我以爲凡是華人新移民都應一讀。周愚先生的文字詼諧風趣，隨時流露出快樂的天性和幽默感，最使我印象深刻的，是他的坦率和誠懇，好像天下無不可說之事，很有軍人的豪邁之氣。那天整理名片，翻出周先生的一張，原來是位「備役空軍上校」。怪不得的！

紐約印象

美國的城市裏，紐約是我去得最多，文化活動也參與得最多的一個。第一次參與文化活動，是應大紐約區中國同學聯誼會之邀，在文藝座談會中演講，隨後並在聖約翰大學的中國之夜的晚會上做特別來賓，擔任頒獎。屈指算算，已經是十年以前的事了。

那時紐約的華文文化圈子複雜，派別分明，有左有右，答應一項邀請之前，先要弄清出處，免沾色彩上身，回首遙望，好不有趣。現在海峽兩岸逐漸接近，中華兒女都懂團結的重要，文化人物走在思想的前端，皆知自由民主之可貴，太左太右都行不通，中庸之道成了大眾路線，使我們這些搖筆桿的書齋裏的動物，省去不少無謂的精神浪費。

去年不知算是什麼年？世界各地的華文文化圈忽然欣欣向榮起來，澳洲、歐洲、加拿大等地區的華文作家協會紛紛成立，亞洲的十四個國家組成亞洲華文作協，更是早在十年之前就成立了。北美華文作家協會於五月四日誕生，我這次來紐約，便是應陳裕清會長的邀請，與眾文友相識，連帶著做個演講。那天夏志清教授、魯潼平和馬白水前輩、《世界週刊》主編周匀之先生等都來了，令我愧不敢當，其實我倒眞想向他們請教。文人相重的情誼讓人感動。

北美華文作協能夠順利組成，當然靠的是大家的努力，但秘書長葉廣海，無疑的是最重要的靈魂人物之一。

葉先生不單精於組織，也勤於寫作，經常有小品文在報端發表。他的新作《暴發戶的家用錢》，寫盡了紐約生活的千奇百態，用詞幽默犀利，觀察細微，與周愚先生的《洛城停、聽、看》，一東一西，頗有異曲同工互相呼應之妙。

文學女人的背後，應該有個「文學女人的丈夫」，同樣的，文學男人背後的那個女人，也不能不具備「文學男人的太太」的特質。葉太太江筑女士，自己寫得一手好散文，可也是個很稱職的文學男人的太太。

她形容組會前的一陣子：「電話不斷，半夜都有各處的電話電傳打進來。」說得那麼輕鬆，彷彿理所當然。先生接受組會重任，太太就得跟著總動員，所謂夫唱婦隨大概就是這個道理了。我們歐洲華文作協，去年三月在巴黎開成立大會的時候，當地的文學女人和文學男人的另一半，全放下本身的工作，給太太或丈夫打下手。負責開車到機場接送外地來客的，清理帳目結算開支的，辦理報到手續分配旅館房間的，以及一應雜務，樣樣少不了他們。不單華文圈子如此，老外好像也差不了多少，幾年前去柏林作協開會，只見那女會長的丈夫——柏林的外科名醫，悶頭坐在那兒不停的算，原來他被太太聘來當義務會計，在那兒檢查全年的帳目呢！

紐約的東北人不少，有同鄉會的組織，人親土親，大家以羅漢請觀音的方式聚餐，我又被派成唯一的白吃。同鄉中有初見也有舊識，其中很多已回過東北故鄉，我本人就回去過三次。談起故鄉種種，唏噓、浩歎、懷念，皆所不免，山海關外那片莽莽大地，總是難忘的。

離開紐約前夕，張鳳從波士頓來電話，問我此次美國之行的印象可好？何時再來？我說：這是次碩果豐收的心靈之旅，充滿了人情和溫暖，不但認識了許多新朋友，也瀏覽了許多以前未曾見過的美景，這一切都深深的吸引著我，只待興致一至，我便提起衣箱再來。

一九九二年六月二十八日《世界周刊》

名字問題

人都有個名字，不獨人有名字，舉凡樹木花草、江海湖河、城鄉市鎮、家養貓狗、報紙雜誌、小說詩集、華屋名園，也都有個名字。

幸虧我們聰明的老祖宗，遺留下來取名字的好辦法，讓人們能夠清楚的分辨出某個名字代表某個地方？什麼物事？那一個人？否則這繁花似錦、百物雜陳、人海滔滔的世界，豈不經常要鬧張冠李戴乾坤顛倒的鬧劇？

洋人取名字跟中國人不同，中國人可以隨著喜好，挑兩個或一個字做爲名字，洋人則只能在現成的名字裏選一個，所以男的不是喬治、約翰，就是彼德、大偉，女的不是瑪麗、安娜，就是蘇珊或瑪格麗特什麼的，比中國人的名字少變化，少涵義。不過不管中國人還是外國人，都沒辦法給本身取名字——剛生下的嬰兒怎會取名字呢？總不外是給兒孫輩取，因爲盼望兒孫光宗耀祖，有好的前途，成爲人上之人，男的成大功立大業，女的花容月貌才德兼備，因此才有叫震宇、冠雄、量宙、麗華、月英、蘭若等等的男士和女士在我們的四周。

不能自己取名字，就不免有對名字不滿意的情況發生，往昔的人除了正式的名字外還可以取個「字」，甚至再來個「號」，足以彌補對名字的不滿。現在已不流行字、號之舉，只有演藝人員和作家，偶爾取個藝名或筆名。

我便曾經是個對名字不滿意的，覺得淑字太迂腐、保守，俠字太陽剛、男性化，兩個字合起來一叫，既不悅耳又不優美，且有自相矛盾之嫌；既已「淑」了又怎「俠」得起來呢？小學時見許多同學叫美娟、秀娥、慧琪、婉君、麗麗、燕燕……欣賞之餘乃羨慕之至，認爲那才是與女孩兒相配的芳名，曾暗下決心，將來必給自己取個類似的「字」，以正視聽。

長大後漸漸悟出名字不過是一個人的符號，只要人性正直善良，叫什麼名字並不重要，但十八歲時第一次投給報社的稿子，仍忍不住取了個較動聽的筆名，初入社會做播音員時也不能免俗的取了個響亮的藝名。因播音員沒做幾個月就轉業，藝名也沒機會掙得響亮，而隔段時日回頭想想，感到那時還是太年輕，趕新潮之心潛意識的在作祟，其實並無取藝名的必要，後來眞的寫起文章，我也就懶得再在名字上用功夫，乾脆行不更名坐不改姓就叫我既迂腐、又陽剛的趙淑俠，這個名字雖無文藝氣息，又往往令人雌雄莫辨；曾有讀者來函稱我爲「先生」，並問候我的「夫人」。但行之日久之後，倒也很是順利，讀者們弄清了我是女士，「俠」字也頗能形容我的處境：一個人單槍匹馬的在海外衝闖，似有幾分獨行俠的作風，文友陳若曦便開玩笑說我「名不虛設」。有信爲證。

在國外生活，名字當然要譯成洋文，想不到譯成洋文後的淑俠（Shu-Hsia），竟造成洋人發音上的大困難，朋友們很少有眞能把這兩個字說得正確的，一位較熟的女友曾提抗議：「你沒有歐洲名字嗎？中國名字發音太難了，啊呀呀，幸虧我只認識你這一個中國朋友，不然光是名字一項也要把我活活累垮。」

我當然不想把朋友累垮，正思怎樣改善名字問題，現成的蘇茜（Susie）突然閃電般來到腦際，高一時在南京，讀的是教會學校，洋氣十足可想而知，英文老師奉送每位學生洋名一個，我自然沒例外，但在中國的土地上過中國式的生活，誰會用外國名字？天長日久就幾乎把她完全忘懷，經洋朋友要求，記憶貯藏室裏立刻湧現這個從來不用的洋名，於是洋朋友們大樂，淑俠從此就叫成了蘇茜。洋朋友這麼叫，中國朋友漸漸的也這麼叫開，因爲丈夫姓陳，我就由趙淑俠變成了蘇茜陳，像許多在海外生活的中國妻子一樣，原來的姓沒了，名也沒了。二十二年前入籍瑞士，戶籍部門在護照上除把原名「淑俠」印上外，也把洋名「蘇茜」打個括弧加在後面，爲了方便與劃一起見，此後有關我的一切，如銀行存款、訂合約、參加保險、看病、加入會社，統統用「蘇茜陳」，人雖然仍是同一個，名字上已找不到一絲舊痕跡。

第一本德譯小說集《夢痕》付印前，跟出版社商量用那個名字？我的意思是，所有中文著作都是以本名發行的，德文書也不例外，否則不像出自一個人。碰巧出版社老闆是個搞漢學的，不慣接受中國作家冠上洋名，雙方所見略同，《夢痕》的作者自然是趙淑俠（Chao Shu-Hsia），而非蘇茜陳。

想不到的是，《夢痕》問世後我的文化活動頓時大增，範圍也寬廣了許多，首先是一些相關的團體，什麼作協、筆會、文化交流會、德奧瑞作家聯誼會等組織吸收我爲會員。接著透過媒體或書評、專訪之類的媒介，我的名字得以和其他的西方作家一樣，漸漸爲人所知，幾乎有同樣機會，受到各方的注意，譬如被某個與文化沾上一點邊的什麼會、社，請去演講或開座談會，或參加文化性質的慶典等等。

多年以來，我在歐洲開過的座談會、演講會可眞不少，但主要都是華僑與留學生社團的邀請，他們所以邀請我的原因，乃基於我寫了很多以海外華人和留學生爲題材的小說及散文，使之產生一種親切感，覺得彼此了解，有共同語言，樂於與我相識甚至共話鄉愁。與自己人相聚，當然一點也不會發生名字問題，趙淑俠就是趙淑俠，誰不知道「趙」是百家姓第一個，連三歲小孩也會叫。換了洋人圈，情形可就大大的不同，趙淑俠三個字使他們如做苦工，費九牛二虎之力也發不出正確之音。

在文化團體裏，同仁們都親切的叫我一聲「蘇茜」。應邀演講、座談、舉行作者簽名式、新書發表會什麼的，因書上印的作者名字是趙淑俠，當然就得趙淑俠到底。這可就難爲了主持人，每次做開場白介紹作者時，不是瞇著眼皺著眉，雙目盯緊手上那張小紙條，結巴老半天，笨嘴笨舌的吐出三個類似「稍——舍——啥」，極不平衡又不悅耳的怪音，便是聊以解嘲的道：「靠（趙）女士的芳名對咱們歐洲人太難了，各位自己請多費神練習，我這兒就免了。」當然，趙字也不一定念成「靠」，也許是「巧」、「卡奧」、「笑歐」，弄得我不知他說的是誰？有次去德國演講，主持人面團團的頗具幽默大師風範，「如果我沒有把『笑歐』女士的大名說正確，可要請『笑歐』女士原諒，在我的舌尖沒被削下去之前，這個美麗的中國字是永遠讀不正確的。」在開場介紹時，他做無可奈何狀說。

在這種情形下，讀者們只知道，市面上新出了一本叫《夢痕》的中國「放逐文學」類小說，作者是個華裔瑞人，至於作者的名字，十分之九的讀者弄不清，他們弄不清的也不只是我的名字，所有中國作家的名字對他們都如練繞口令。我在演說或座談中常介紹中國當代作家，只拿姓張的來說，張賢亮、張辛欣、張曉風、張大春、張承志、張抗抗、張秀亞、張潔、張曼娟、張放、張拓蕪，一片鏗鏗鏘鏘之聲，足以轟得他們滿頭霧水，彷徨莫名，再聽別的五花八門的名字，更是等於把他們送上了九重天，騰雲駕霧，飄飄忽忽，左耳進右耳溜，一溜走便再也找不回來。

有鑑於此，當我出第二本書《翡翠戒指》時，出版社的主人堅決要求我用歐洲名字「蘇茜陳」。她的理由是，除了對中國有研究的漢學家，一般讀者誰也分不清中國名姓，「讀者如果連作者的名字都叫不出，對他的書也不會感興趣，那就會影響銷路，事實上你如今接觸得多的是西方文壇，新書出來，到處演講、簽名、座談的事必不斷，讓人叫不出名字的事不應再發生，親愛的蘇茜，我知道你留戀你的中國名字，可是你總不會願意永遠跟歐洲讀者捉迷藏，不讓他們曉得你究竟是誰吧？」這位小個子的瑞士女強人說。

話有道理，事情又涉及人家的銷售大計，在商言商，賺錢賠錢似乎關鍵在此。可是我已寫了那麼多中文書，本本作者皆是趙淑俠，同一本書翻成外文，作者居然就成了蘇茜陳，雖說這個洋名字也是用慣了的，終覺不妥不甘，但作者在銷售計畫上必得尊重出版社，不能眼看人家賠損仍堅持己見，只得勉強答應。待《翡翠戒指》印畢擺在書店的櫥窗裏，蘇茜陳（Susie Chen）果然是作者的大名，我左左右右的看了半天，依稀的覺得與彼似曾相識，又似風馬牛不太相干，矛盾之情油然而生，心中憾憾。

這麼一來，洋人的舌頭問題倒是解決了，到任何場合，誰都可以把「蘇茜陳」說得字正腔圓，不再發出咄咄怪音，讀者們也很易於接受。前年去到奧地利一個名叫石壁谷的地方演講，先乘飛機後坐火車，翻山越嶺幾經輾轉才到達那個阿爾卑斯山幽谷裏的小城，經過與接待人士交談，方知我是這個一萬五千人的城鎮，第一個被正式邀請來的東方人。但是他們對我並不陌生，旅館、飯館的服務人員固然知道我是蘇茜陳，到文具店買原子筆，坐計程車，店員和司機居然也問我是不是那個中國作家蘇茜陳。我浪跡天涯，跑到這遙遠的世界盡頭，忽地家喻戶曉起來，怎不爲之感動。究其原因，一是蘇茜陳發音容易，二是廣告做得又多又大，教堂門口、大街之上、商店門旁，隨時可見高可丈許，宣傳蘇茜陳來演講的大海報，那怕眼睛最不管事的人也不會視而不見，蘇茜陳的名字自然如水銀瀉地般溢滿小小山城，比起以前用「趙淑俠」時，那種讓他們嘴打連環結，舌頭上宛若生了個大疙瘩，越急越說不出的情況，差之何等遙遠！這時我才眞正體會到，名字的順口與否，叫不叫得出，的確不是芝麻小事。這次旅行給出版社銷了不少書，瑞士女強人確有經濟頭腦加先見之明。

漸漸的，我對蘇茜陳的名字已能甘之如飴，使用得十分自如，得心應口，儼然成了正式而統一的名字，凡與文化相關的各類事端自是絕對用蘇茜陳，就是辦理一般俗雜之務，也用蘇茜陳。我居住的這個工業城，人口十一萬餘，Susie Chen 兩個字可不是陌生字眼，走在城中心的徒步區，總有人遠遠的呼名道姓，不是朋友就是讀者，到某處辦個手續之類，也是有名好辦事，得到不少便利。

自從蘇茜陳暢通無阻，受到不公平待遇的原名趙淑俠，就更遭壓抑以致漸被遺忘，曾有昔日老友到瑞士旅遊，四處打聽趙淑俠的下落，想問問安敍敍舊，不但把電話簿子翻了個遍，還到戶籍處查了半天，竟未得結果失望而歸。一天郵差先生忽把門鈴按得琅琅大作，我忙開門問何事，他拿著一封航空信指指點點：「這個地址寫得不太對，名字也不對，你們這裏有個人叫『靠啥啥』嗎？」。我說這是我的信，我的中國名字就是這麼拼法。「哈哈，你的中國名字原來這麼拼啊？」郵差先生笑得開心不已，讓人懷疑他發現了新大陸。相反的，也有西方朋友告訴我，他們向臺灣或大陸來的文藝界朋友打聽蘇茜陳，害得那些老中文友們絞盡腦汁也想不出誰是那個假洋鬼子。

入鄉隨俗，原是我在西方世界的生存態度之一，既是蘇茜陳其名予人便利，於己有利，我就把心一橫，預備蘇茜陳到底了，心想，反正護照上老名字依然故我，絕無忘本之嫌，日常生活上，管他叫我蘇，還是茜，抑或蘇茜，我總是我那原來的「淑俠」，不信的話，有護照爲證。這麼一想，心上頓無負擔，自慶看事成熟而圓通，顧及得堪稱全面。

本以爲到此爲止，名字問題已完全解決，沒想到又平地生波，發生了新的事件。今年瑞士國民全體換發新護照。舍下一家四口，塡好單子各備相片兩張，連同舊護照裝在一個大信封裏寄到戶籍處。一星期之後三本嶄新的護照以掛號寄回，缺的唯獨是我那份。仔細讀附來的信，方知我的名字又出了問題，叫我親到戶籍處去面談。

滿心狐疑的去了，戶籍處新調來的小官員指著電腦映幕對我說：「現在有新規定，護照上只可以有一個正式名字。我們查出你以前的中國護照上只有『淑俠』，沒有『蘇茜』，所以新護照上『蘇茜』的字樣非去掉不可。」

我一聽心情大慌，連忙辯曰：「那怎麼可以？二十多年前我入籍時你們說可以『淑俠』和『蘇茜』併用，護照上也是那麼註明的，所以這多年來爲了方便，我處處用『蘇茜』。如果現在忽然把『蘇茜』的法律地位取消，我的一切都要遭到大困難，譬如說訂的合約、銀行存摺、出書、在各團體和社會上的活動等等。二十多年來誰都知道我是蘇茜，你們今天突然要把這個名字根本廢掉，不是不負責任嗎？」

那小官員緊蹙眉頭，頗爲難的，商議的結果是：既然「蘇茜」之名對我如此重要，就只好正式改名爲「蘇茜」，把「淑俠」取消，「總之，兩個名字不能同時用。」他說，並給我地址及電話號碼，叫我到蘇黎士，省政府的戶籍處去辦申請改名各項手續。問他要多少時間才能辦好？小官撓撓黃頭髮，微笑著道：「三四個月也就辦好了。」

他的話又是讓我一驚，說得好輕鬆，三四個月？我六月底就回臺灣，需用護照，距今不過兩個多月，如何禁得起三四個月的折騰？事已至此只好說做就做，當天就跑到蘇黎士去辦更名手續。一路上心緒黯黯，叫了半輩子的「淑俠」將在護照和一切正式文件上消逝，彷彿跟我無甚關係了，中文書上的「趙淑俠」三個字，忽然變成了筆名，這多奇怪！

接見我的是一位女主管，態度優雅談吐大方，我把為什麼不叫「蘇茜」已行不通的理由向她解釋，並把一些足以做證的東西，諸如銀行來信、合約副本、報章雜誌上有關我的報導和書評，以及作者名為「蘇茜陳」的《翡翠戒指》，都交給她過目，她看過並叫人做了複印以做審查之用，也認為我確實已無法不用「蘇茜」之名，「用了二十多年，突然不用了，怎麼可能？」她說。我答是的，如果把「蘇茜」取消，有關我的一切都得重來，那該是多大的麻煩，怎受得了？她一邊翻閱我那些證件一邊沉吟著道：「你從小就叫『淑俠』，一下子完全取消，心理上能接受嗎？」，「不能，沉重而悲傷，我愛我父母給我取的中文名字。」我坦白的說，接著把那小官員的話學說了一遍，又道：「沒辦法，我別無選擇。」，「不要難過，事情可以想辦法的，歐洲的貴族有的取十個前名呢！」她說。

就在見到女主管一星期後，省裏便把我改名的公文批了下來，我的新名是「蘇茜，淑俠，陳，趙」，長是長了些，但活動空間廣闊，一長串字，隨我排列組合，只要不離開這幾個字，怎麼組合都有效，蘇茜陳，蘇茜趙，淑俠陳，趙淑俠，陳趙蘇茜……名字問題終於皆大歡喜的圓滿解決，希望從此風平浪靜，再也不要出問題了。

一九九〇年八月十日「中華副刊」

石壁谷之夜

火車十二點二十分開，十二點十分的時候，送我上站的資多士先生卻還在找停車的空位。這個座落於奧地利南部的古城格拉滋（Graz），算是奧國大城，人口也不過二十五萬，其中步行階級的學生佔去三萬五千，平時交通擁擠情形甚少，但是此刻竟也無法給這輛老奧帕找處暫棲之地。

老奧帕終於停住了，資多士先生替我買了張頭等票，剛把箱子遞上火車，輪子已經向前滑動，他順著列車朝前小跑著道：「小心，不要換錯車，到目的地史波哈先生會接你。」「你放心，我獨自旅行是常事，不會丟掉的。」我說。

車廂很空，一人佔兩個位子不算逾分，坐得鬆寬，心中也有些不著邊際的茫茫之感。眼望窗外，一輪正午的大太陽把原野照得亮堂堂，車行疾速，遠山近樹農舍田畦皆被匆匆拋下，新視野剎時內代替舊景觀，像似後浪追趕前浪的滾滾波濤，天演萬物的有情與無情，任何一個分秒內，都會突然在視野和思維中活生生的顯現。

旅途並不長，僅四個多小時的車程，令我感到茫然的是地勢越走越高，景物越來越荒涼，皚皚的白雪掩蓋了一切顏色，奔跑著的列車彷彿永無終站。

我去的地方叫石壁谷（Spittal）——一個因美麗和古老而得名的小山城，到達奧國前我對之所知不多，甚至查過地圖才弄清楚她在何方。而我此去竟是應當地文化基金會之邀做演講。從蘇黎世翻山越嶺，千里迢迢的來到阿爾卑斯山裏的石壁谷做演講？幸虧僅是我整個奧國之行中的一站，否則豈不更顯得荒謬又使人難以置信。

近兩三年來一直朝著打入西方文壇的目標邁進，絕非揚名異域的野心在作祟，坦白的說，是服不下這口氣也忍不下這種寂寞。試想一個以寫作爲終生職業的人，在她所寄身的環境裏，竟沒有人能讀得懂她寫了些什麼？該是多麼難以忍受的，滲心入肺的寂寞？

大前年初短篇小說集《夢痕》出版，西方人對中國的「放逐文學」（他們給取的名字）大感驚異，初次知道他們周遭的中國人的心境和感情，不似他們所以爲的那麼簡單。書印得毛草更談不上精美，可喜的是出版第一個月就有四篇書評見報。從此我便被寫作圈子接受了，作家協會、國際筆會等重要組織對我打開大門，我交了一些志同道合的文壇朋友，第二本書得以順利出版，有機會參加各類文學會議，也有機會像那些被注目的西方作家一樣，應邀請到各地演講。去年八月底從中國大陸和臺灣回來後，已在瑞士做過五次，西德做過四次關於我本人的著作，特別是有關新書《翡翠戒指》（*Der Jadering*）的演講——也可說是新書發表會。這次來奧國屬於同樣性質。

出面邀請我的便是格拉滋亞非學會（AFRO-Asiatisches Institut）的文化部門主管資多士先生，在長途電話上他解釋說：亞非學會是半政府半教會的文化組織，主要工作是輔導亞洲和非洲的留學生，每年要定期舉辦幾次作家演講會，格拉滋市已和維也納的亞非學會商量好，希望能在聖誕節以前請我前去。同時在這兩個城之外，希望我至少能再答應去一處與亞非學會全無關係的地方：「那兒叫石壁谷，人民有喜愛文學和藝術的傳統，他們從沒見過東方作家，能有機會見到你，他們會有多興奮……」資多士先生接著說，薩爾斯堡和英斯布格都有亞非學會，如果我肯去走一趟的話，大家竭誠歡迎。我答說最多只能答應到石壁谷繞一圈，旅行太累人，我的旅途也不能超過一星期，別的地方下次再說吧！這樣，我便前一天乘飛機到格拉滋，當晚在亞非學會的交誼廳裏做演說，學會方面安排我在大學的招待所裏過夜，今晨教會的主持神父請我吃早餐後，接受過當地電臺和報館的訪問，連午飯也沒來得及用完，匆匆的便直奔石壁谷。

阿爾卑斯山區深秋的黃昏來得早，到石壁谷時四點剛過，天色卻已罩上了薄暮的幽暗。

站臺上亮著幾星燈火，下車的人提箱攜袋形成了一股小潮流，我拖著在臺北買的帶輪箱子，夾在人羣中密切觀望，找尋誰是接我的史波哈先生。我沒見過史波哈先生就像在來奧國之前，沒見過賫多士先生，和下一站在維也納接待我的人一樣。目前我過的就是這種生活，提起衣箱便到一處陌生地，見一些陌生人，對一些陌生人演講或討論，而那些人全是黃頭髮白皮膚的西方人，只有我這個坐在講臺上的是全場唯一的東方人。這種情形常讓我產生一種奇怪又矛盾的感覺；一個人單槍匹馬的往大門關得鐵緊的西方文壇闖，闖到今天的程度並不容易，依稀的有點成就感，而這丁點成就感不是屬於我個人的，我彷彿正在給我們中國自己的文壇做著點什麼。但更多的時候是感到無奈、疲憊、委屈；有人忌妒得幾幾乎兩眼冒出血來，認爲我是個人英雄主義在作祟，那麼，難道我該拒絕這一切，讓中國作家永遠停留在不爲人知的孤寂中才算對嗎？還是不必去理會那些酸葡萄心理，做我該做的？……正踽踽獨行在人羣中胡亂的思想著，遠遠的看到出口處有個高身材的中年人對著我微笑，「歡迎你到石壁谷來，蘇茜陳女士。」史波哈先生迎上來接過箱子。

在駛往旅館的路上，史波哈先生向我介紹石壁谷的歷史：「城雖不大，人口也只有一萬八千，但是環境美麗，有山有水，你看樹林後那亮閃閃的一片，便是彌兒絲廸特湖，很幽雅的。山水之鄉的人多半喜愛文學與藝術，石壁谷的人也不例外。可不知你們中國人有沒有這些講究？」

「我們中國人認爲好山好水啟人鍾靈毓秀之氣，我想這是人類的通性，不分地域和人種。」

「我的想法也如此。正基於這個想法，我在書店裏買了你兩本書，看過就決定請你來談談。」史波哈先生接著告訴我，他是此地文化基金會的主席，他們每個月舉行一次文化活動，包括畫展、音樂會、或文學座談會、演講會等。

我被安置在「郵政旅館」，也就是當地最上等的了，內部設備新式，位於城中心，憑窗正好俯視主要的購物大街，用燈泡裝成的聖誕節大星星照耀得恍如白晝，熙熙攘攘的購物者居然成潮，小城自有他活躍的一面。

由史波哈先生領銜的，幾位基金會的負責人聯名請我吃晚餐，還鄭重其事的給了張帖子，約好六點半在樓下大廳裏聚齊，飯後一同去會場。基金會來了四位，男女各半，談笑風生的一頓飯吃得很是舒坦。演講會定在晚間八時，有足夠的時間步行著踱去。走在小城安靜的街上，史波哈先生指著一幅丈許長的廣告牌說：「請看，這是咱們的廣告。」我擡起視線，著實的吃了一驚，Susie Chen 的名字每個字母足有湯碗那麼大，下面的小字印著蘇黎世，臺灣，再下面是時間與地點，居然還要賣門票，成人四十先令，學生和退休人士減半。

「會有人來嗎？」我不禁懷疑的問。「有的有的，你看著吧！」史波哈先生把握十足的。

演講會的場所在一家大咖啡館的樓上——這是歐洲的習慣，一些與文化界合作的高級咖啡館都闢有「沙龍」，平常營業，在特定的時間便供給文化界做爲會場，租金免收，但亦不會賠錢，來參與的人至少也會飲杯酒或喝杯咖啡，再加上門票，收入可觀。

我們一行到達的時候，客人早已坐定，柔和的燈光下飄著濃醇的咖啡香，雖然座無虛席卻無吵雜之聲，氣氛安詳高雅，我的心也便穩了下來——應邀到人生地不熟的地方演講，並不保證一切順利，譬如九月間在西德，有關方面安排我與一位德籍女作家合講，她生長於當地，親戚朋友全來捧場，我孤伶伶的一個，已是形單影隻，開講前的五分鐘主持人竟要求我刪節講稿，理由是「聽眾多是與她有關的，她的出版商××博士臨時決定上臺說幾句話，事關銷售大計……」主持人態度友善，說了不少，事實上毫無道理，早經安排好的演講會怎麼可以臨時揷進來一個人？我滿可以拒絕刪節或起身告退的，又顧慮到那麼做顯得太小氣，落口實給他們批評中國人沒氣度，便接受了刪稿子，講稿足足刪去三分之一，連自己都看不清楚，加上情緒特壞，不用說，那天的演講是大失敗。雖說是頭一次遭遇這麼不合理的局面，但地盤和人都是人家的，支配權不在自己手裏，防範於萬一的警覺不得不有。

我坐在爲演講特設的桌子前，面對全體聽眾，靜靜的觀察每一個人的臉，他們顯然是懷著誠意與敬意的，看樣子也不會有任何的「突發事件」發生，於是我便眞正的安定了下來，這時主持人史波哈先生已在向大家介紹我了：「蘇茜陳女士的情況非常特殊：她是北京出生，四九年隨父母到臺灣，在歐洲二十幾年，出過十數本書，現在以瑞士公民的身分進入西方文壇，已出了兩本德文小說，明年將出第三本，她是我們的新伙伴，今天她要講的就是她的新著《翡翠戒指》……」史波哈先生的引介不長不短，約七八分鐘，然後便是「主戲」上場，由我開講了，這個演講會的主題是「蘇茜陳和她的作品」。

講稿是預先準備好的。我先向聽眾表示自己已出過不少作品，其中雖然也有以臺灣或中國大陸做爲故事場景的，但與描寫海外中國人的故事相比，究竟只佔了小部分，究其原因：我長期居住海外，對生身祖國的許多事物已漸生疏，以居住在中國境內的中國人做爲書的主人翁，很可能遭遇到隔靴搔癢，或觸及不到眞實核心的尷尬局面。但這不是我寫海外中國人生活的主要原因，主要原因是：「今天的世界已不似往昔的封閉狀態，由於科學進步的日新月異，交通工具的便利，人們的思想日趨一日的開放，再加上一些政治或經濟因素的促成，離鄉背井移民他國在今天已非新鮮事，而在整個世界移民潮洶湧中，中國移民——我們中國人稱之謂海外華人，人數名列前茅，號稱三千萬。在這個龐大的數目裏，包括老僑、新僑。老僑爲早年移民，新僑則是在二次世界大戰之後開始外移，這些人中包括留在海外不歸的留學生、知識分子、商人、落魄政客、政見異議者等等，外移的行動至今仍在繼續，人數有增無減。這種情形在中國的歷史上是僅見的，做爲一個中國的海外作家，身在其間，我認爲我有責任把這段特殊的歷史的背後，所包含的意義和現實撰寫出來……」

我告訴聽眾：「不要以異樣的眼光來看中國移民，應以了解的心情去認識他們的背景和生活情況，懂得他們是怎樣努力的去適應所置身的新社會，怎樣的爲新的故鄉貢獻心力，常常因文化背景和生活習慣的迥異，以及因種族歧視帶來的困擾，他們的日子並不都那麼好過，他們之中有的成功，有的失敗，有悲、有喜，他們像所有的歐洲人和美國人或其他國的人一樣，有感情和理智，有是非美惡的判斷能力，「人就是人，人性都是一樣的，我之所以喜歡描寫海外華人和他們所居住的國家，不是爲了吐怨訴苦，是要增加新移民與當地人民的了解，建立更深厚的感情。」我說。

聽裏靜悄悄的無聲息，只我一人在侃侃而談，聽眾的表情很專注，眉宇間不時有意外或認同的表情——這麼大的移民數字他們肯定是聞所未聞。像我這樣一個中國女作家，居然就眞跑到石壁谷這個深山雪嶺來，懷著平常心，以平和的態度跟他們談人類互愛、東西文化異同的問題，當然更令他們驚奇。也許他們有些不解：何以這個中國女子如此坦直？一些在公共場合避免提及的種族、宗教、和移民的題目，她都要談？是的，這正是我願持的態度，我的看法是「最誠懇的便是最能取信於人的」。而且，人不分黃種白種，中國或是別的什麼國，只要有了解與信任，都可相交爲友。任何人，不管在自己的國家還是在寄居的土地上，總是有朋友也有敵人，朋友維護你，敵人傷害你，一切非常自然，我不會因自己是個中國人而覺低人一等，也不會爲了表示中國人的驕傲故做高不可攀狀，我就是我，不高不低，和所有的人一樣。

以這個原則和態度與人相處，在西方文化圈裏我結交了許多可信賴的朋友，做報告、演講，或與讀者見面爲新書簽名等活動時，持的也是同一原則。事實證明，西方的讀者和聽眾能夠接受我和我的言論及態度。

我講了一大段之後，便朗讀《翡翠戒指》中的一段，最後，我說：「要認識一個國家，主要是認識她的文化，最能直接表達文化內涵的，應是文學。西方文學作品在中國不是陌生的東西，自一九一七新文學運動，六七十年以來，中國文化在翻譯西方文學作品方面投下巨大人力物力，西方的重要作家，如托爾斯泰、杜斯妥也夫斯基、福樓拜、巴爾扎克、狄更斯、勞倫斯、歌德、湯瑪斯曼等等，在中國都擁有廣大讀者羣。相比之下，西方文化界對中國文學所知和所做就太少了，固然中國文字對西方人太難，是原因之一，不過如果有足夠的熱情去試，困難還是可以克服的。目前一些漢學家已經注意到這個問題，且已認眞而有系統的在做，並頗有成果，這是十分可喜的。希望經過大家的努力，將來中國文學在西方，也能像西方文學在中國那樣普遍流行。」

連講帶讀整整四十五分鐘，聽眾報以熱烈掌聲，彷彿很滿意，我本身也爲圓滿達成任務而欣喜。接著主持人致謝，史波哈先生說我告訴了他們以前不知道、也沒注意到的問題，他並相信聽眾會就我講演的內容，與我有所討論。說罷討論開始，聽眾席上許多人舉手發問。

石壁谷的聽眾含蓄、溫和，問題都很易做答，不外問我的寫作經驗和在歐洲採取何種生活方式，是否常常懷鄉，與中國的寫作界有多少來往之類。討論三十分鐘後，按節目爲買書的讀者簽名，像每次一樣，所有過程在整兩個小時內結束。

送我回旅館的仍是陪我赴會場的那幾位。剛過十點半的光景，街道上幾乎已看不到行人。商店門前聖誕樹上的五彩小電燈倒還在明明滅滅的閃爍，幸虧有它們，不然這夜也顯得太空寂太單調了。

臨別時幾個人祝我夜間好睡，說是明天清晨接我去車站。我把他們送到旅館的玻璃門前，驚見一弓新月冷冷的懸在幽沉的夜空上。好慘淡的他鄉之月！送走客人，我孤單的進了電梯，想起明天還要坐八小時的火車去維也納，倦意和鄉愁竟如同一團濃霧，將我重重圍住。

一九八九年六月四日《臺灣日報》

生活是一匹馬

小孩子看人生，覺得太長，等過年的新衣鞭炮放假和壓歲錢，一等就是一年。人過中年之後，回頭望去，只覺人生太短，悠悠忽忽懵懵懂懂，好快的人生路，明明是滿天彩霞的清晨，怎麼一擡頭已是夕陽漫漫的黃昏？人活到這個歲數，在這條說長不長說短不短的路上，那怕是日子過得最平穩的，也免不了遇到幾次挫折和打擊，至於像我這種自青少年時代命運就不平坦，而後又獨自在海外文化界東闖西闖，被旁觀者置評一聲「活躍」的人，自不必說，遭遇的挫折和打擊更多。

三十多年前，一向逆來順受、乖乖聽話的我，甘冒天下大不韙，從一個可怕的惡夢裏逃出來，到社會上闖生活，初始做播音員，繼而到一個大機關裏做職員，那時臺灣的社會不像今天這麼開放，很多新潮的思想也還沒有流行，不過社會是個大染缸，只要被丟進去，不管你願不願意，總會被染上顏色，或如果你是個方形的，到社會上轉一圈就變成圓形的之類的說法是早聽過了。聽過歸聽過，年輕人怎會把這種話當回事？我因自幼愛看書，已有個人的一套想法，儘管剛剛栽過一個大觔斗，還是堅信世界光明，凡人都有良知善心和正義感，並且堅持依這個信念去處世對人，如正心誠意、同情弱小、不取非分、做事必求自省無愧等等。這種想法加上眞正的實踐，在那個金錢掛帥的環境裏，是顯得古怪而格格不入的，壁是碰了不少，一些奇異的現實也很讓我吃了幾驚。

我與現在許多青年朋友一樣，喜歡談人生哲理，也愛品評文學和繪畫，女同事中好此道者不多，男同事中倒有一位同好，興趣相近，交往也免不了近一些，於是我對那位男士「有意思」的閑言立刻傳開，甚至傳到他太太的耳朶裏，從此乃妻對乃夫嚴厲控制，我當然也就識分寸的與其疏遠，既不再暢談人生，也不談文學藝術，乾脆什麼都不談。男女之間的純友誼竟是如此難於存在，令我感慨又惋惜。可是這時候閑言閑語又來了，「她怕了，虎頭蛇尾經不住考驗，沒有眞情實意。」

碰巧，確有幾位男士對我「有意思」；那時我二十多歲，君子好逑可說順理成章，但不巧的是我對他們全沒「意思」。我雖對他們沒意思，卻並不貶低他們的感情，也不認爲他們是壞人——事實上他們之中大多是善良的，因此我對之仍保持友善和客氣。這麼一來，悠悠眾口就在背後繪聲繪影的編出許多故事，說我男友如雲、腳踩數隻船云云，言之鑿鑿，殺傷力之強難以抵禦。於是我一橫心，擺出冷面孔，索性跟他們形同路人，一個也不理睬。誰知這也不行，我被認爲善變、冷漠、驕傲、自以爲了不起，「有什麼好神氣的！」。

這下子我可眞的不知所措了，這也不對，那也不對，怎麼做都不合人意，正反到底有沒有標準？我該怎麼辦？我悲傷、消沉，覺得自己是一個沒有能力應付這個複雜社會的人。當然，假若那時我已聽過：「中國人聚集在一起，三句話如果不談論別人的是非，他們準不是黃帝的子孫。」的說法，可能就會把事情看得如鷄毛蒜皮般淡。但那時我太年輕，而各類揭穿人性醜陋的學說也還沒出現，所以我著實苦悶了一陣子。

一長串日子過去了，鬢角已冒出雪白的霜花，海外漂泊近三十年，早由一個人長成了一家人，平日除理家、寫作、旅行、參加文化活動之餘，很少有時間憶及往事，如果偶爾憶及，只覺得年輕時候的事可笑又可愛，昔日的受傷感早已雲消霧散，也就沒有由受過的慘痛經驗中學到多少經驗，雖然這時我已寫了一疊書，讀了幾架書，聽了不少新說詞，如：有些人親近你並不是因爲友誼，而是要利用你。或：爲人不可太熱心，越熱心的結果越傷心。再如：中國人最勇於內鬥，且好狡多詐，欠缺誠意，以及：海外環境複雜，會社繁多，往往五七個人就是一個小組織，上策是少去參與，明哲保身……等等，等等。

老實說，對這些說詞我是一點也不信，不但不信，簡直就是嗤之以鼻，原因，我向來是個民族至上論者。在我的思想裏是中國文化博大精深，中國山河氣勢萬千，中國同胞溫柔敦厚，這樣重的中國情結，加上鄉愁和對故國的憂患意識，我不單忘了以前受過的教訓，也把一位好朋友忠告的話：「不要太天眞，人並不都像你以爲的那麼善良，有些人是接近不得的，等你吃了虧才曉得。」當成耳旁風。

十四五年來，由於寫作的關係，我與海外僑學界的交往很多，主要是我作品的題材很多取自海外，使海外華人感到親切，視我爲知己，歐洲許多城市如慕尼黑、海德堡、巴黎、倫敦、馬德里、羅馬、維也納、布魯塞爾，以及紐約的僑學團體，都請我開過座談會。我喜歡青年學子和僑胞，我們又都關懷自己的家國，在一起談談聊聊極有共同言語，大家也互信互愛彼此敬重，處得兄弟姊妹一般。

在參加僑學界活動的同時，歐洲的文化界也在向我打開大門，我成了國際筆會、瑞士全國作協、西柏林作家協會、西德亞洲太平洋中心、瑞士亞洲文化研究會等團體的會員，我交了不少西方寫作界的朋友，出了幾本德文書，一些德、奧、瑞的文化團體和大學請我去講演、開會。旅行奔波對我這個並不十分強壯的人很是吃力，又妨礙寫作，更不利照顧家庭，日子過得自是勞累辛苦，但能打入到對中國作家向不重視的西方文壇，頗能得到參與的趣味。這期間我曾幾次回大陸，認識那兒的文友，儘管我們生存的背景不相同，愛文學的心終是一樣的，這一切都使我感到溫暖、安慰。

隨著參與範圍的擴大，我的生活也不再像以前那麼單純，各方面熟與不熟的人，常常直接或間接的託請我，有的希望介紹他入某個會社，有的要求爲他接洽邀請演講，有的要出來開什麼會，也有叫我運用力量，找某個漢學家把某人的作品翻成外文的。我的中國情結和自覺的使命感讓我說不出拒絕的話，事實上，往往是不待他或她開口，我已主動的去爲之奔走了。

問題是那些組織不是我能左右的，一個唯一的東方人在西方社團中是如此的孤單渺小，譬如我曾努力爲一位寫作同仁進入筆會，結果引起很大的反彈，其中一位我入會時的介紹人坦白的告訴我：「蘇茜，我們接受你，因爲你是我們的朋友，又有瑞士國籍和出德文書的關係，想來你不會認爲我們拒絕接受一個與我們毫不相干的中國作家，而責怪我們吧？」我聽了有點臉紅，然而更多的是失望和遺憾，因爲那位同仁是這麼想入會，我竟無能爲力。

這件事使我得不到那位寫作朋友的諒解，到處責備我「不肯幫自己人的忙」，而天下烏鴉一般黑，洋人的嘴刻薄起來同樣的針針見血：「她想把我們的會變成中國殖民地嗎？」有那排斥非我族類的狹窄頭腦說。

我曾數次爲人安排演講，或運用某個團體請某位文化人出來開會，或介紹某個文化人士認識某位漢學家、作家、文藝組織，也向國內推薦對國人陌生，實際上十分優秀並有成就的漢學家。由於我不像那些在學校裏工作的學者，可利用職業之便給安排演講座談等等，凡事都需輾轉託人，做成一件事並不簡單，常常是力氣用盡都辦不成功。

在這方面的經驗，我可說是寒天飲冰水，冷暖自知，每辦成一件事，人家不見得說謝，但若辦不成或沒辦好，那就遭怨挨罵，也許還要被恨，說你「存何居心」、「忘本」、「自私自利」、「就怕利益外溢」之類的話。我費了不知多少心力，東託西求，請出來開會的人，只因我確有實際上的困難，不能招待他們在家裏吃住，便對我大大不滿，差不多認為我是冷酷的壞蛋，絕不試著設身處地為別人想想。

我在那些西方學會裏，一分鐘也忘不了我是個中國人（又是中國情結），每次演講或開會，只要抓住機會，必定呼籲他們重視中國文壇，「自一九一七年，中國開始新文學運動以後，半個多世紀來，中國文學界對引進西方文學作品做了最大的努力，西方重要作家的大作品多有中文譯本。相比之下，你們做得太少了，希望你們要克服困難，把中國的好作品也做有系統的翻譯。」這句話是我在不同的場合講過多次的。

一天只有二十四小時，除了生活的必需程序，剩下的時間更為有限，「參與」必得有取捨選擇。我的標準是：西方文化團體只挑大的，與寫作有關，並叫得出名目的參加，一些小學會（多如過江之鯽）來邀，便以工作太忙爲擋箭牌回絕。華人的文化團體，則不論大小，只要找到我，必定摒一切困難去參加，我的中國情結使我覺得跟中國人在一起更快樂。像歐洲地區國建會那樣具規模的學會，人才濟濟水準又高，每次都辦得有聲有色。應邀開會的到時去出席就好，無須擔負任何事務和雜務，是我在歐洲所經歷的由中國人辦得最好、開得最愉快的會議。

但是像國建會這等條件的學會在歐洲只是有限的幾個。有那私人組成的小會，經費無來源，輿論又不很支持，總聽說有這個色彩那個色彩，少數人把持等等，以致很多會員出席一兩次後便渺無踪影，再也不露面。我的中國情結使我爲此大抱不平，滿懷熱望的加入並高高興興的擔任職務，計畫中先說服那些長期缺席的會員來開會，再運用各方面的關係募集經費，想不到一開始就行不通，打了上仟瑞士法郎的電話去四處催請，得到的回答竟是：「這個會嗎？呵呵，算了吧！」，「有×××那樣的人在裏頭，我是絕對避而遠之。」一位老學者怒沖沖的道：「我永遠不再去。前一次我大老遠的坐了飛機去開會，結果他們鬥爭我。」「啊呀！別把話說得那麼難聽。中國人自己搞這麼個小會不容易，大家應該熱心支持。」我說。「你的意思倒不錯，可惜用錯了地方，中國人並不都像你想的那麼有良心。」跟這位老先生說不通。大多數人的回答是：「眞抱歉，我那時正有事。」，有那交情較深的倒反過來勸我：「以你的情形，犯不上去惹這個麻煩，去了準被利用，別去吧！」

天哪天！中國人什麼時候才能學會團結？難道眞改不了個人成見和好猜疑的毛病？那時我對這些拒絕前去的朋友是有意見的，自然也不會聽信勸我不要前去的忠告，中國情結使我霧裏看花兼白天做夢，認爲中國人——特別是有知識的人，個個都是以心比心，誠之所至金石爲開的。怎料竟被那些甩手走開的朋友們言中，我總算長了見識添了學問，……簡直驚得目瞪口呆。

這件事頗使我感到灰心、委屈、不平，也令我不得不檢討一下自身的處境和作爲。那時正趕上連接著有些旅行和演講之類，阿爾卑斯山區深秋灰茫茫的斷魂天裏，我提隻小衣箱，此國飛彼國，這城跑那城，對一羣羣素未謀面也不懂一個中文字的西洋人，宣揚中國文化如何偉大、中國人如何寬宏忠厚、中國智識分子的節操和良知何等高華。稿子是早已準備好的，到每個不同的地方照講一遍，像個留聲機，越講越覺得不見得言副其實，就算隱惡揚善吧！也稍過獎了一點，最後的感覺是，就算付我再高幾倍的演講費，也沒有興趣講下去了。我變得頹喪、悲觀，覺得渾身每一條筋骨都疲憊不堪，日子過得勞苦，工作又無意義。待講完那年最後的一場演講回家，已是滿街櫥窗掛上了聖誕節的大星星，亮晶晶的煞是好看，而我，頭昏腦脹，用溫度表一量，攝氏三十九度三，原來染上了流行性感冒。

一般流行性感冒不過四五天，頂多十來天就可痊癒，我竟纏纏綿綿時好時壞的拖了近月，醫生說：「喔，你太累了，心又不靜，你要改變生活方式。」在家家爲過聖誕節和新年忙碌的時刻，我的家人卻在爲我這個病號忙碌。

不是大病，唯拖得足以造成人的精神崩潰，我叫他們該上班上學的都各守其位，白天我獨守空房，床頭一具電話供隨時聯繫，靄靄長日，我便那麼睜眼望著天花板，前思後想的認眞做起深思。

首先，我檢討這些年來的生活：做爲一個妻子、母親、女兒、姐妹、朋友、作家、人、中國人、瑞裔華人，我都善盡責任了嗎？我的處世爲人的信念對嗎？我對待生活的態度合適嗎？醫生叫我改變生活方式，該怎樣改變？

雖然沒有像釋迦牟尼面壁十八年那麼長，認眞的程度自信不相上下，沒有絲毫的遮掩與隱藏，沒有一星一點的悲情或激動，無怨無尤，心平氣和，過去、現在，和未來，像一個活動的大銀幕，在思維中緩緩展開，沒有任何一刻我比此時認識自己更清楚、更眞切。

對家庭，我一向很能犧牲自己，爲丈夫和孩子做一切我所能做到的，但每隔一段時日我便出去大走一番，使得家中缺少妻子和母親，總是美中不足。對在臺灣的老父和分居各處的弟妹，我深深的思念、關懷和愛。我是個愛朋友、敬朋友、最能跟朋友推心置腹的人，毛病是胸無城府，說話直來直往，有時得罪了人全不自知，更糟的是太忙，居然有八年沒請一個朋友來家吃飯的記錄。至於對寫作的態度，說來慚愧，因爲忙，各式各樣的閑雜事和活動太多，幾年來總是心慌慌意茫茫，難得全神投注的創作，我絕不承認在粗製濫造，不過沒有放下心力細緻經營，則是不能否認的事實。說到做中國人，只有天知道，中國情結給了我多少苦頭吃，被多少次的欺騙和利用，順手拈來幾個活生生的例子：

爲了幾個素不相識的中國畫家要在歐洲開畫展，我便熱誠一腔的爲他們滿處奔走，求些也是素不相識的人，並替預租展覽室，代墊租金，誰知他們竟從此消息若巨石沉海，後來輾轉托人聯繫打探，才知諸賢已改變主意，不想揚名異域了。一個爛攤子留給我，硬著頭皮挨洋人駡「沒信用」。某位見過一面的中國女士，突來快信，說是萬分想見我，欲來相訪。我家男主人因習慣關係每日必早早休息，而且怕吵，晚間到九點之後，我和兩個孩子都躡手躡腳做賊般的不敢出聲，何況幾年以來我們已無飯廳——那裏面堆滿了男主人的書籍雜誌和紙張，要請個人來回家吃住確行不通。我只好給那位女士租兩夜旅館，付清一應款項，放下工作陪伴兩天，結局是大收反效果，該女士認我不在家中招待是蓄意冷淡，怨言源源出籠。

諸如此類的事多得不勝枚舉，每次失望氣憤過便罷，未曾做過分析，此刻才眞切的看出世情果不像我幻想的那麼簡單，人心也不都似我這樣一條直腸子，人際關係說穿了無非是弱肉強食、明爭暗鬥，就算你不跟誰鬥，卻難免有人見不得你的鋒芒，把你當成競爭的假想敵，在明裏暗裏使點手段整整你。我想：我有平穩的家庭生活，有健康並知上進的子女，有關懷我的老父和弟妹，有可信賴的朋友，廣濶的文化活動圈子和寫作的才能與興趣，並且已做出一些成績。常有朋友跟我開玩笑說：「你什麼都有」，意思是我樣樣不缺，應感到幸福、滿足。但眞正的情形是：我不時的有種揮不去推不開的挫折感和無力感，心情並不總是很輕鬆，往往是沉重。道理何在？

我終於毫不逃避的把問題看清了，癥結在我把全天下的人都當成可愛的朋友，並把一些明明不是朋友的褒貶之詞當成一回事的放在心上。我對公眾的事太熱心，又拉不下面子說「不」，根深柢固的中國情結使我潛意識的覺得，凡是跟中國有關的我都有責任，西方人邀請做什麼固當以中國作家的身分勇敢前去，中國同胞找到頭上就更不能推拖。這樣子的態度處理生活還會不弄得又累又苦又煩嗎？

「身後有餘忘縮手，眼前無路想回頭。」《紅樓夢》裏的警句如電光火石般來到我的腦際，照亮了我的思路。我要趁著身後還有餘的時候就縮手，眼前尚有路的階段便回頭，當罷休時要罷休，不能再把生活綳緊得如弓上之弦。

事情一想通，心情頓豁達，自那以後，我的生活便改成另一種方式。

我學著不因撇不開面子勉強自己做不想做的事，學著少激動、多冷靜，學著說「不」，學著放鬆心情，學著享受生活、學著……。

我很少再飛來飛去的向洋人演講了。很多人認為放棄這樣的機會很可惜，使西方人認識中國的機會越發的稀少，對我本身打知名度和銷書亦不免造成損失。唯我已能想開：中國作家多得很，少我一個去對洋人講什麼，不見得就能減少他們對中國的認識。至於名與利，究竟是身外之物，何需介意！但我也並非自此對一切參與都變得消極或抗拒，一些早已加入的組織，如筆會、作協等，我仍是忠實的一分子，盡義務並享受參與的樂趣。某些新的會社來邀，則誠懇坦白的說：願過與世無爭的生活，不想搞那麼多羈絆。這麼一來，日子鬆活了許多，疲勞減輕了，時間也較充裕了，人事的糾葛少粘邊也少聽到了，我可以有興致給家人做頓好飯，叫他們吃得舒舒服服，也有閑情跟朋友坐坐咖啡館或喝喝下午茶了。有次與一好友去湖畔午餐，那天正值驕陽高照，水波上灑滿耀眼的金光點點，紅紅綠綠的小船在湖面上揚帆而行，舉頭是連綿的白皚皚的雪山，湛藍色天空遠得望不著邊際。我不禁忘情的怔住，好美的景致，好廣濶的天地！這時我才驚覺到，已經長久不曾用心欣賞這個美麗的世界了。

人生不過短短的幾十年，在大自然永恒的韻律中，顯得何等脆弱渺小，那怕最頑強的生命，最後亦是歸於無物，一個小小的人，所能貢獻的心力實在有限，值得做與不值得做之間，必得有所選擇，西諺有言「人不能什麼都要」，飽含至理，如今，我不再「什麼都要」，生活的壓力和無謂的煩惱立時減去許多，我仍愛我該愛、值得愛的，仍做願做值得做的，仍是忠誠寬厚的朋友，仍懷有相當分量的中國情結，但我不再被一廂情願的熱情所欺騙，不再去沾惹不必要的痲煩，凡事量力而為。一切的閑言閑語皆進不了我的耳朵；眞是我的朋友不會在背後嘰嘰咕咕，不是朋友的，那怕編出一臺戲來嘰咕又與我何干？生活是一匹馬，人要駕馭牠，而不能讓牠折騰得頭破血流。

一九九〇年六月六日「青年副刊」

寂寞天涯長青樹

《美洲華報》十週年

當年做學生時沒用過功，文史科目的分數卻總名列前茅，數理常陪末座，地理則能考個中等。雖讀書不求甚解，倒知道南半球有些國家，風景美麗、民性質樸熱情、地大物博、氣候宜人等等，反正都是書本上的「紙上談兵」，實質什麼樣兒則無從捉摸。

出國後見聞增加，得知巴西的嘉年華會舉世聞名，在電視上也看過載歌載舞的狂歡場面。幾年前讀馬奎斯得諾貝爾獎的小說《百年孤寂》，其筆下拉丁美洲的神秘玄奇，魔劇般變幻無窮，令我十分著迷，但仍只是想像描繪的光影。

眞正觸摸到南美洲的實質，是二十多年前先生到巴西和阿根廷出差，給我帶回個精美的鱷魚皮包，而那時我家正用個意大利鄉間來的女傭，她對那皮包驚羨不已，卻因此以爲南美洲是鱷魚出沒的蠻荒大地。另外，從報上讀得畫家張大千，曾在巴西建了個「八德園」……

總之，我對南美洲的一切都從紙上識得，所知有限，直到去年底，世界華文作家協會在臺北開成立大會，南美來了一隊華文作家代表，個個熱情洋溢、文采飛揚，大家閒聊交談之下，才使我對南美的眞面目有些瞭解。原來那片土地上，有數十萬與我流著同樣血液的同胞，在勤墾不懈互相扶持的努力下建立了新家園，其中大部分且已事業有成，基礎穩固。

十分出乎我意外的是，那兒竟有華人自辦的華文報紙——《美洲華報》，發行數量達十萬、創刊將近十年，工作人員包括臺灣與大陸的移民。那次率作家代表團前來與會的團長袁方先生，就是這份南美洲華文第一大報的發行人。

各洲的團長用餐時被分配在一席，因我是歐洲的團長，幾乎每頓飯都與袁方先生同桌，交談機會甚多。有趣的是，出國前，他在土地銀行工作，我曾在臺灣銀行工作，雖然那時袁先生在土銀中的地位已很高，而我在臺銀只是個剛出道的年輕小職員，但都不懂金融業務，只做文墨工作的情況則相當類似；距離頓時拉近了不少。

會議完畢時，我和南美來的文友已漸熟稔，正合乎世華大會以文會友的宗旨。盛會完畢各自賦歸，每人回到原有的生活定點。這時我收到袁先生寄來的《美洲華報》。

這是一份內容豐富的報紙，分「重要新聞」、「臺灣新聞」、「大陸新聞」、「巴西新聞」、和「綜合副刊」等版。副刊無疑是南美華文作家發表文章的園地，而各類新聞版，都能做到客觀公正、就事論事，不說情緒話也不偏袒某一方，保持新聞工作者的風骨，《美洲華報》可謂有自己的風格。

一般而言，海外辦報的主旨，一是發揚中華文化，不忘祖宗傳下的優美語文；二是團結僑胞，使遠離故土的他鄉遊子，能借助報上的僑社活動報導，互通信息，守望相助，撫慰一顆顆滿懷鄉愁的心；其功能與意義是應受肯定的。

猶太人在被滅亡兩千年後，仍不忘復國並得以成功，主要因爲他們知道文化傳承的重要，萬眾一心凝聚在自己的文化之下。由這個例子，我們當可看到，在海外做文化工作者的更高境界和抱負。

在海外做文化事業難，辦報章雜誌更難。《美洲華報》在沒有任何支助，全憑自給自足的情況下，支持了十年，而且不停的進步成長，越發展越穩定成熟，實在不是一件容易的事。不單是《美洲華報》全體工作人員的驕傲，就連我這個偶爾給寫寫稿的作者，也感到與有榮焉。

能爲《美洲華報》貢獻一點小小的心力，使我依稀覺得與南美洲的同胞和讀者，精神更相通相近，倍感親切欣愉。

十年樹木百年樹人，辦報紙亦需具樹木樹人的耐力與愛心，足够的付出必有相對的回應，而事實則給做了最好的詮釋和證明：有志者事竟成，只要認眞不計成敗，荒野大漠中亦能開出美麗的花朶。

《美洲華報》是南美華文文化荒漠中，一朶芬芳盛開的好花，在她十歲生日的今天，讓我們爲她拍手喝彩，祝她更茁壯、更燦爛，爲優雅的中華文化，在南美洲廣闊的大地上，灑下生生不息的種籽。

雅俗共賞

——文化性與服務性兼顧的《世界周刊》

一九八四年我到紐約探親，《世界日報》的記者來採訪並攝影，登在《世界周刊》上，題目爲「中國人的災難應該止息了」，我才知道有這本刊物，而且創刊不久。第一次收到《世界周刊》，看那麼薄薄大大的一本，很覺新奇，翻開看看，內容尙稱豐實，很像綜合性的雜誌。

一九九〇年，我到紐約妹妹家過新年，見舊報堆裏有五、六本《世界周刊》，拿起來翻一遍，才算眞正看到它的全貌，並深深的被吸引住。第一感想是：這是一本可讀性高、內容實用而多樣化，但不失活潑幽默，能顧及到各階層讀者口味的刊物。接著當然就三句不離本行的打起主意，考慮該寫點什麼性質的稿子，使自己由讀者變成作者。

不久之後，我果然變成了它的作者；寫了一連串有關海外文化活動，和我最近的招牌主題，以「文學女人」爲名，分析男女兩性關係的文章，得到很好的反應；曾收到多次美東、美西和加拿大的讀者來信，亦不乏文友們電話或寫信討論，愈使我看出這是一份影響力廣泛的讀物。同時期內，我也由偶然性的讀者變成了經常性的讀者，每有文章發表，主編先生總寄來一整本給我，有時還附帶上或下期；住在紐約的小妹，也常把她看過的郵寄給我，使我雖身在瑞士，卻能知道許多美國的事。

看得多便瞭解得多。首先我發現它的外型與報紙並沒大分別，而且也像報紙一樣分了許多版面，譬如：「世界廣場」、「專題報導」、「新聞眼」、「臺灣鄉情」、「社會切片」、「華人點線面」、「法律」、「婦女」、「理財」、「生活」、「藝文天地」、「繽紛」等等。顧名思義，便知每個版面的特性；依我看，最具專題特色的是「法律」和「醫藥保健」。「法律」版上除了法律本行從來不說「閒話」，且對華人移民的居留、工作、付稅、入籍之類的問題，常做詳盡的問答式說明，相信這是許多新移民必讀的知識。每次收到《世界周刊》，看過必把「醫藥保健」那張送給一位朋友，因她時患腰痠背痛，最關心保健問題。在「世界廣場」、「華人點線面」、「生活」、「婦女」，則是相當具伸縮性。在「世界廣場」上，我多次讀到純文藝性的優美散文；「生活」與「婦女」版上，除了太太小姐們最關心的美容、保持身材、服裝、儀態、烹飪、室內裝飾之類的女人專用課題外，也間或出現幽默雜文，或討論兩性關係，諸如愛情、婚姻本質的分析，乃至教育兒女心得的文章。其中不乏見解深刻並富建設性，使人讀之茅塞頓開，獲益匪淺。

對我個人來說，「藝文天地」中有關文化活動的報導文章，和介紹傑出華裔婦女的專訪，以及情文並茂的純文藝作品，最具吸引力。至於一些探討男女兩性心理，或社會心理問題，乃至詮釋佛學思想的說理散文，更是我的最愛。近幾年來，研讀心理學和佛學書籍已成我的嗜好，總渴望與誰對談，這類文章讀來自然趣味無窮。

近期的《世界周刊》上，頗讀了幾篇引人入勝的好文，譬如蓬丹的〈那個晴美的春日〉、王申培的〈此恨綿綿無絕期〉、吳玲瑤的〈訪菲隨筆〉，對我這個寫作者而言，讀之是既增見識又富趣味，有置身其間與文友同樂的欣悅。

《世界周刊》上「人物」這個主題，無疑是做得最成功的；〈張天心一琴走天下〉，描寫一位性情中人；〈弱水三千，他只取一瓢飲〉，介紹時下正當紅的青年導演李安。李安的才華有目共睹，但成名前竟七年無業，由他的博士太太工作養家。在一般人，甚至連他本人都對自己懷疑的時候，只有太太給他信心和鼓勵，肯定他的能力，因而才有今天的成就。所以李安說：「她也是我最好的朋友。」這個故事說明著一件事：幸福的婚姻和圓滿的愛情內必有友情，兩人不單要相愛，還要相知、相識，要經得住逆境和現實的考驗。

這些人物專訪不但予人啟示和趣味，也兼顧到讀者服務的作用。事實上，《世界周刊》確努力在爲僑民服務，只消瞧瞧「理財版」，什麼「房地產投資信託基金」、「股票及金融商品投資面面觀」、「什麼時候是最佳投資時機」的標題，連怎樣致富發財都有專文指點，服務性不能算不強了。此外，對老年人退休後生活、失業問題、留學生打工、各類福利保險，亦經常提出可靠的資訊。

一言以蔽之，《世界周刊》是份內容包羅萬象，雅俗共賞，輕鬆而不油滑，嚴肅而不說教，文化性與服務性都能顧全，最適合海外華人需要的刊物。這也是爲什麼我要爲文介紹它的原因。可惜的是，《世界周刊》只在美加地區發行，歐洲僑民無緣得見。幸虧十年前有《歐洲日報》的創立，給歐洲華人供給不少精神食糧，塡補了這個空缺。

資訊文化是融匯人心的活水，如果沒有這些華文報刊，海外華人將若一片散沙，會在歲月的奔馳中，逐日失去共同語言和認知，漸漸形成寂寞的孤絕族。如今我們能生活得如此充實，早餐時能一邊飲啜紅茶或咖啡，一邊讀親切的中國字帶來的文學美、文化香、同胞間的大小事故，和世界各個角落發生的新聞，都不得不感謝這些為華文報刊貢獻力量的朋友。

《西德僑報》二十週年

《西德僑報》過二十歲生日了。如果以人比喻，就像一個小孩子長為成人，生命進入到另一個里程。成長是不易的，必須經過悉心的照撫、教育，而他本身也要克服許多困境與掙扎。

因此，當這個本來生活條件並不很優越的小孩，一旦成為一個大人，英挺自信地站在面前時，曾給他出過任何一點點力量的親朋好友，都會感到衷心的歡喜，和一份與有榮焉的驕傲。

我是《西德僑報》的親朋好友，對他的成長也盡過一點微薄的力量，深深能够體會到這份欣喜與榮耀。

十幾年前，我的長篇小說《我們的歌》在海外版報上連載，因故事的發生地在慕尼黑，而書裏那些年輕俊秀，生命力旺盛又充滿浪漫情懷的男女主角，多是臺灣來的留學生，這便使得在慕尼黑研讀的中華青年，很自然的覺得格外親切，也很想認識作者本人。所以《西德僑報》是第一個，邀請我以作家身分前去演講，並要與我座談討論他們編務大計的。

記得到達慕尼黑的當晚，《西德僑報》的十幾位編輯人員，與我在 Wiener Wald 聚餐，一邊談著僑報的各種問題。他們希望我寫稿，又有點不好意思的說刊物太小，且付不起稿費。我說沒關係，能幫忙的地方我一定出力。我和《西德僑報》的友誼就樣建立起來了。間或寄去些文稿外，僑報的重要活動：譬如百期紀念，我都曾專程前去躬逢盛事。

近些年實在太忙，旅行開會增多，僑報的編輯們換了又換，一批學成歸國新的一批又接上，而我也越來越不認識，跟《西德僑報》的往還，亦就不可能像以前那樣密切了。好在仍按期收到僑報，讀之與往昔一樣親切。

文化事業中辦刊物是最艱難的，很多有名的雜誌在開始時聲勢凛厲，但發展一段時期便面臨困境，有的出一期脫一期地勉強維持，也有的連勉強維持都做不到，索興就停刊了。

像《西德僑報》這樣，沒有固定經費來源，沒有專任編輯人員，卻能二十年如一日，兢兢業業，一直在成長茁壯的刊物，確實是個異數，了不起的成功典範，令我欽佩。

二十年來，《西德僑報》在聯繫海外華人感情，發佈僑社間活動消息，提供留學生求學和生活的必要資訊方面，做出極大的貢獻。

此外，僑報上也常常出現擲地鏗鏘有聲的好文章，而它非常大的一項成就是，造就了一羣歐洲華文文學的寫作者，譬如我們歐洲華文作家協會的會員：王雙秀、麥勝梅、龔慧貞、鮑美玉、楊玲等，都是在《西德僑報》上開始寫作的。這點，也許在當初創立《西德僑報》時並沒估計到，可謂無心插柳柳成蔭。

我到各處開會演講，提到歐洲華文文學發展的過程時，都要說起《西德僑報》的成就，在大陸、臺灣、美國和東南亞的文化圈都知道，歐洲有這樣一份刊物。《西德僑報》雖不大，倒眞不是藉藉無名的。

在《西德僑報》二十歲生日的今天，我謹以最誠摯的心情，祝他更健康的生長下去，爲歐洲的華文文化和僑社，做出更多的貢獻。

一九九三年《中央日報》「海外周刊」

文章不是武器

那年春天，由於戰爭告緊，我們突然全家遷往南京。爲了怕耽誤孩子們的學業，在到達的第二個星期，父親便托人把我和妹妹送入學校就讀。中學、小學、幼稚園，各得其所。

我入的是一所天主教女子中學，插班高一。由於我原在瀋陽就讀的學校自由風尚極盛，而這間學校宗教氣味特濃，譬如飯前飯後必得唸經，每個學生都得穿藍布長衫、白鞋和齊膝白襪，校園之內舉目多的是蒙著大白布的「姆姆」，「姆姆」老師教歷史觀點奇怪而狹窄，頂多可稱做宗教史，根本够不上資格稱歷史等等，都使我過不慣又看不慣，如置身於沒有生命的古墓，甚至認爲對這個學校的印象將壞到底，永遠不會產生喜歡的心情。

但是，出乎意外的，在上過兩堂國文課之後，我便喜歡上教課的老師。張老師是位六十多歲的老人，身著長袍、腳踏布鞋、滿頭銀髮，一口寧波官話，紅潤的面孔上固然常掛笑容，出語亦不離幽默，在課堂上常常惹得我們發笑。十五六歲的女孩兒並不比男孩老實，我們當面喊他張老師，背後則叫他「張生」，一個特別調皮的同學曾經問過他：「師母的芳名是否崔鶯鶯？」，引得哄堂大笑。

張老師說過一句話：「國文光讀不行，要會寫，心裏有話寫不出就表示程度差。」，所以他非常注重寫，規定我們每兩個星期作文一次，每次必上下兩堂課，時間一到就交作文本，誰也不許拖延。而他改本子的態度是既認眞又快速，寫得好不吝讚美，寫得不好也會毫不客氣的指出。第一次作文課之後，張老師就注意到我的存在，不單把我的作文簿批得通紅一片，還把我從書桌上叫起來，問了許多話，諸如讀過些什麼課外書？喜不喜歡文學？將來的方向要走那條路之類，很是嘉許。從那時起，我就成了張老師心目中的得意學生。

但我並不是張老師唯一的得意學生。班上有個同學叫賈欣（化名），也被公認是作文高手，我們兩人的作文常被當堂朗誦或傳閱，而兩人要做作家的志願已不是秘密。

「要當作家，志向很好，不過要怎樣才能做個好作家，你們知道嗎？」張老師做出考我們的神氣。

我們大家連忙搖頭，齊喊一聲：「不知道。」

「要能寫出好文章才算作家。對吧？可是要怎樣才能寫出好文章呢？告訴你們這些小丫頭，要多讀書，見到好文章要能倒背如流，肚子裏文章多，欣賞力才會高，才能下筆如有神。」張老師搔著他刺蝟似的白髮，笑咪咪的。

「應該背些什麼文章呢？」我有點著急的問。

「古文。白話文能懂得透徹就好，文言文可得背。」張老師說得斬釘截鐵的。我一時不覺楞住了，心想：聽說這位老夫子留過洋、喝過洋水，現在大學教書，在我們這兒不過玩票似的兼兩堂課，一個堂堂留學生，腦筋怎麼會這樣舊？

「是的，背古文。」張老師彷彿知道我在想什麼，再加重語氣重說一遍。「多讀多背可以增加文學修養。同時，人格修養也同樣重要，文與人是連在一起的，也就是說，文章裏顯現的文格，就是你人格的自然流露。你們聽過文如其人這句話吧？君子坦蕩蕩，小人長戚戚，什麼人寫什麼文，誠意、正心，才能見眞性情，見眞性情才能寫出好文章。」

張老師說了一大篇，我們聽得迷迷糊糊，但多背文言文和文格即人格之類的，算是浮皮潦草的懂了。

全班女孩子都很賣力的奉行張老師的話，不但多讀、而且講究修身做人，其中尤以我與賈欣表現最積極。張老師已鼓動起我們的創作熱忱，兩星期一次的作文課是最吸引人的。據張老師說，我的作文富思想性，而賈欣文中所敍述的不平凡經驗，足以動人心弦。他肯定我們有做作家的條件。

原來那時正值內戰吃緊，年紀不過十七歲的賈欣，竟然與另外三個同齡的女孩，隨著難民潮，由河南老家逃到南京，投奔她在京師任職的父親。並且四人都入了這所學校，一位與我們同班，另兩位在別班就讀。

賈欣個子不大，人生得瘦瘦黃黃，稱不上美麗，但與她接近過的同學都有個感覺，就是她自視極高，言談之間認爲自己才情品貌無一不佳，而且處處以自己爲中心，非常好強爭勝，凡事要與人論高下，嘴巴尤其不饒人，不是笑張三的腿短就是笑李四的臉長，弄得同學們都不太喜歡她。

賈欣在作文中最愛寫她本人的身世：後母如何虐待、後母生的弟弟妹妹如何又笨又醜、殘忍的欺侮她等等，至於由河南逃出的過程，更是她最愛寫的的題材，無論老師出什麼題目，她總能很巧妙的引到逃亡故事上去，她描寫怎樣越過荒郊絕地，晝伏夜行，躲過崗哨和槍林彈雨。她們曾經整整三天未進滴水，正在飢渴得要不支倒地時，一個好心的農民送來一碗熱騰騰的白米飯，對著那碗飯她幾乎喜極而泣，但因一轉眸看到「那六隻飢餓的眼睛」，她就心甘情願的放棄權利，讓給同伴，那三個同伴竟「幾秒鐘內一掃而空，連頭也不擡」，以致她「在旁邊望著，唾液幾乎和淚珠一起滴下來」。在另篇作文中，她敍述越過一座險峰的經過：「柔弱的我，已經習慣於做犧牲的角色，我咬咬牙，把三個同伴的包袱全背負在自己窄小的肩膀上，跟在他們身後，艱苦的爬上險峰」……諸如此類的內容和句子，在賈欣的作文中隨處可見，數不勝數。

張老師曾當眾問賈欣，她文中所言可是眞的？她肯定的說「是的」。於是張老師連連稱讚她具悲天憫人胸懷、謙卑博愛精神，顯示了善良本性，未來寫作前途一定光明，賈欣雖得張老師的稱讚，卻引起同學們的懷疑，都認爲她平日的言行旣造作又孤芳自賞，慣以挖苦人爲樂，並不像她在文章中所形容的那樣寬厚有愛心，我們班上與賈欣同來的那位同學——也就她文中所說的「三個」中的一個，反彈更大，「她要製造自己的偉大形象，就不惜把我們說得沒心沒肝，其實那有那些事呢！」那位同學好幾次發牢騷說。

賈欣的確在製造自己的偉大形象，不僅筆寫，還要口說，漸漸的，別班同學也都知道了她的忠厚仁慈，肯吃虧又多情並遇事不爭，她同路的三個同伴是如何的自私而硬心腸，總使她身心受苦。只有我們班上一部分人知道她是在自我標榜，很爲她那三個同伴不平。但連張老師也深信不疑，常常誇獎，別人也不便多嘴。

賈欣食髓知味，故事越寫越離奇驚險，自身永遠是那個純潔柔弱，默默承受不平待遇的女主角。她的忠厚老實幾乎已無人不知，她也愈發的矯揉造作，不是雙手捧著胸口說胃痛，就是一手撫著太陽穴說頭痛，有那同情心特重的同學，竟說賈欣是逃難路上過分辛苦，「一人獨撐四人重擔」，累出病來的。她那三個同伴聽了表情忿忿，惟因不願窩裏鬥，鬧笑話給人當戲看，也不辯解什麼，倒眞是逆來順受了。我冷眼旁觀，以爲賈欣會感到慚愧，停止宣揚自已的不凡和偉大，不再傷害她那幾個同伴。沒想到虛浮的光榮使她迷失，眞假不分，強調她編造的情節全屬眞實，而且愈編愈烈，在一篇題目爲「談人性」的作文裏，說在生死存亡的關頭，她的三個同伴「逃得無影無踪，我被拋在鬱暗的森林裏，與死屍爲鄰，飢渴煎熬得我眼前一片漆黑，當我探手到乾糧袋裏，想摸出一塊饃饃救命時，才發現是空的，饃饃與飲水全被帶走了。……」

賈欣寫得情文並茂，張老師照例連連誇讚，並說人性的善惡面常常是在關鍵時刻表露無遺。那天下課之後，大家像往常一樣，笑笑鬧鬧的照例玩得很開心，只有我們班上那個叫王秀華的——與賈欣同逃出的同伴，顯得心情沉重，眼皮有些紅腫，彷彿哭過似的。

第二天的國文課，張老師做專題演講，題目是「文學的品味和功用」。這一點正是我喜歡張老師的主要原因；他雖叫我們背古文，卻不叫我們唸死書，每隔個把月總要想出個新話題，在講臺上又比又說，引經據典出語幽默，激起陣陣笑聲，使我們在不知不覺中，對國文——或可說是對文學，產生了極大的興趣。

張老師強調好的文學必須具備眞、善、美三個條件，缺一不可。他說：「眞，就是誠意，不說自已不信的話。善，是仁慈、好心，促人互愛，而不促人疏離。美嘛！不只是指寫文章要有暢麗的文字，是說在好的文字的背面，能找到對人生的啟示，能擴展讀者的心胸，使之認識人間之美。眞、善、美，也就是咱們中國哲學裏所強調的溫柔敦厚，和忠恕信義的君子精神。」張老師講得口沫横飛，幾近手舞足蹈，說到這兒卻話鋒倏地一轉道：「不過，眞、善、美，三個字是互爲因果的，無眞即無善，無眞無善亦不可能有美，缺乏誠意的善是僞善，僞善製造出來的美感只不過是謊言的得逞，是假美……」

「演講」之後接著發問和討論，小女孩們情緒熱烈，兩個小時過得絕無冷場，第二堂課的下課鈴響，張老師提起他的破皮包要離去時，大家仍意猶未盡，但這時一件出乎意外的事發生了。王秀華突然奔到講臺前對張老師道：「老師請慢走一步，我和兩個同學有要事對老師和大家解釋。」

這時，教室門已打開，別班那兩位與賈欣同逃出的伙伴，已氣咻咻的走進來，她們對張老師一鞠躬，其中一個吭聲道：「張老師，賈欣爲了表示她人格是如何偉大，具犧牲精神，並且嬌弱溫柔可愛，就不惜以我們這三個人做犧牲品。現在我們提出嚴重抗議，鄭重否認賈欣編造的那些故事，我們並不是那麼沒心肝的壞蛋，賈欣也絕非像她自已形容的那麼善良，事實上一路上她表現得自私、自大、嘴巴又刻薄，隨時隨地奚落人，彷彿她比我們高一等。

我們因為念在共患難的情分上，總不跟她計較，但是她這樣無止無休的傷害我們，實在令人難以忍受。賈欣想做超人聖人，或是想做楚楚可憐的受氣包，都是她個人的事，不過我們三個人在此鄭重聲明：她寫的大半是假話，完全是自戀狂患者的胡說，請大家不要相信。同時我們也警告賈欣，立刻停止傷害人，否則我們將採取報復行動。」

那位同學的一番話，說得全班同學目瞪口呆，出聲不得。張老師平時笑得彌勒佛似的臉，此刻沒有一絲笑容，只把眼光冷冷的瞅著賈欣，而這時的賈欣已不是那副盛氣凌人的樣子了，她用手帕蒙著臉哭個不停。

「你們這些小丫頭，到底搞些什麼？你們三個也不要這樣激動，我保證賈欣以後不會傷害任何人。」張老師到底是張老師，幾句話就把那三位同學安撫了。賈欣哭得傷心，不單沒有人去安慰或勸解，反而有誰在悄聲說：「偽善的人自食其果。」

事後張老師曾叫賈欣去談話，內容我們不得而知，但從賈欣的表現看來，她似乎已從教訓中悟出，用文章來沽名釣譽，或虛構自己的偉大形象，或以文字加害於人，都是有損道德和文格的事，正如張老師所說：「寫文章要有德」，她在作文中已不再傷人利己，這件事也漸漸的被大家淡忘，但不知是不是受了賈欣例子的影響？這以後張老師變得特別愛強調文章中的「誠」字，說缺乏誠意便缺乏條件追求眞、善、美，又說文章不是武器，不應做為攻擊他人或報復的工具，「想當作家的人不要忘記我今天說的話。」張老師總以這句話做爲結束。

多年來，我倒眞沒忘記張老師說的話。文章已寫過不少，大原則離不開個「誠」，大目標乃追逐眞、善、美。做出了什麼成績不敢自誇，惟心意保持純良寬厚一點，始終當做銘言來奉行。

張老師只教過我一年，他的大名我至今叫不出，僅知他也在大學教課。如果張老師還活著，年紀應已超過一百歲，想來他大概早已不在人世了。老師短短的一年教誨，不單使我在寫作上受益無窮，就是在爲人處世方面也給了我明確的方向。我對張老師是感激而懷念的，令我納悶的是，當年做作家的興趣比我要強烈多多的賈欣，何以全無痕影？難道她已放棄了最初的志願嗎？賈欣是個有才氣的人，如果她不忘記張老師的金玉良言，改去她的那些毛病，絕對有條件做個好作家。

一九九〇年十一月《明道文藝》

廣交世界文友的開端

孔夫子說：「有朋自遠方來，不亦樂乎？」。中國是個好客的民族，自古代起，就講究與朋友交，要忠、信、誠、義。對朋友不誠不義的人，在那時的社會裏是被人看不起的。

現代人交朋友不再那麼唯心，著眼處較實際，而且因科學和交通的發達，人與人間的來往範圍擴大，交友的功用、方式和空間也不似往昔那麼單純。爲了進行經濟貿易、科學技術交換、文化交流等等，我們的朋友，包括各族各國各人種，從地球的每個角落欣然而至，帶來他們的期許和願望，更想藉機認識這個擁有燦爛文化的中華古國。

這幾天我們的文化界正在熱忱的接待瑞士訪客：沙夏・艾瑞斯柏格博士，和沃斯・柏爾納先生。艾瑞斯柏格是國際筆會中心瑞士分會、德語區的副主席。柏爾納則不單是筆會會員，也是瑞士全國作家協會的理事，兩人都算是我的同仁，因我也是屬於這兩個文化團體的成員。事實上他們能夠到中華民國來做文化訪問，是我一手促成的。

為什麼我要促成這件事？他的意義何在？上月（三月）十六日，在巴黎的「歐洲華文作家協會」成立大會上，我曾以新任會長的身分致詞說：「要認識一個國家和她的人民，首先就要認識她的文化，而最能直接表現文化的語言，應是文學作品。我們需要與歐洲的作家們，互通信息，建立友誼，共同為文學的理想努力。固然中歐文字的不同是一項障礙，唯在文學創作追求眞、善、美的本質上應是一致的。」

這個話，也是此刻我要說的。文學創作就是文學創作，不管那個國家那類語言，文學作品追求的大目標都是文學之美（極權國家自然不見得），可說差別是大同小異。今天的臺灣無論經濟與科技，在世界上都佔一席地位，各方面來的口碑極佳，只有文學作品，雖結實纍纍，每年有大量新書出版，卻未獲得國際間的普遍認知，我們的作家們辛勤耕耘的成果，很難進入到華文區域以外的市場。檢討原因，不外中國語文太難，西方讀者缺乏能力接受。而另一十分重要的原因是，來往的朋友太少，打不進國際文學圈子，得不到該有的認識與重視。我也曾聽到些對這方面的意見，如：我們是為自己寫，又不是為外國人，他們對我們認識或重視與否有何關係？

話雖不能算錯，但這與閉關自守的封閉社會，對文學的態度有多少分別？文學作品固然是作家感情和文采的自由抒發，是絕對主觀的產品，不過在舉世文化交流進行得那樣頻繁的今天，我們卻以圈外人的心情默默獨寫，總不能算最健康，也非最聰明的態度。這種情勢的造成，顯然與政治氣候有直接的關係，譬如大陸作家組織，就與許多國家的作家組織建立了正式關係，在臺灣的中國作家的存在卻常被忽視。這種現象是不合理的，文學創作關乎文學，與政治是兩件事，不應以政治情況來定取捨，何況臺灣四十年來修養生息，社會平穩，作家們得以安心寫作，盡情的發揮所能，在文學創作的領域裏取得美好成果，足以代表中國當代文壇的成就，理應受到國際文壇的接納與肯定。

有鑑於此，上年暑期回臺時，我便與各有關方面做初步研討，得到極佳的反應，關心文化事業、本身筆下也頗來得的新聞局邵玉銘局長答應經濟支援，文藝寫作協會願出面邀請，《中央》、《聯合》兩大報可舉辦座談會。有了這個底線，我回到瑞士後便按計畫著手進行。

我們目前只能以非官方的身分做私人邀請。其間曾考慮並接洽了數位有分量的作家，最後終於敲定他們兩位：沙夏．艾瑞斯柏格（Serge Ehrensgaerger）和沃斯．柏爾納（Urs Berner）。兩位作家都是中年男性，艾瑞斯柏格現年五十六歲，曾在蘇黎士、巴黎、德國的大學裏攻讀德國文學、歷史和哲學，並於一九六二年得到蘇黎士大學哲學博士。最初在倫敦等地做報館駐外記者，後又任西班牙馬德里大學德國語文教授，一九六九年開始正式從事文學創作。

艾氏第一部長篇小說《甲醛溶液中的公主》（*Prinzessin in Formalin*）。這部小說一出版即引起文壇大譁，給予正面評價者認爲艾氏的文字技巧高超，意象的運用尤其出神入化，幻想力之豐富出人想像，而所表現的當今世界的城市知識分子的焦慮和絕望，描寫得淋漓盡致，足以啟人深思引人震顫，是一部氣魄磅礴的作品。採負面評價的則責斥艾氏有意爲人類文明抹黑，思想如精神崩潰者般，忽而東忽而西，不知所云，文字的運用更屬古怪離奇全無章法。至於箇中對性的比喻和描寫，正表示其人是多麼的荒誕，和蔑視人與人之間正常的和諧關係，簡直接近「無恥」。但不論毀或譽，都肯定艾氏爲一極力求新求變，不甘墨守成規的前衛作家，他的大膽尋求突破，被承認爲對文學創作的勇敢態度。

一九七四年艾氏出版短篇小說集《參觀古堡》（*Schlossbesichti-gungen*），一九八一年出版長篇小說《審判的日子》（*Prozesstage*），一九八四年再出長篇《艷情歲月》（*Passionstage*），《佛朗哥的慢死》（*Francos Langes Sterben*）爲一九八七年出版的重點長篇，目前他正在埋首撰寫一部「大書」——這是他自己的話，到底怎樣個「大」法，內容說些什麼？因尚未付印，不得而知。

看了艾氏的寫作年譜，我們得到一個印象：他不是多產作家。事實上西方文壇上的重要作家都不多產，平均三至五年一本是正常速度，兩年一本會令人產生懷疑：是否欠深思和筆功，不夠嚴謹？一年一本的就更使讀者不耐，出版社頭痛，像咱們文壇那種一年數本書出版的作家，可說幾乎沒有，若有也是芭芭拉・卡特蘭（英國黛安娜王妃的繼外婆）之流寫言情小說的，那位老太太芳齡九十，已出了五百二十本灰姑娘嫁伯爵、王子之類的小說，據知至今還沒人打破她的多產紀錄。

艾氏是個嚴肅作家的說法，是文壇各方都承認的，他一向崇拜浪漫主義文風，博士論文就是有關德國十八世紀浪漫主義大師諾瓦里斯（Novalis）的未完成的小說《歐佛特丁根的亨利》（*Heinrich von Ofterdingen*）的研究。他寫小說，偶爾也寫詩，糟的是無論小說或詩都是艱澀晦暗已極，令一般讀者望之生畏，「不知他在胡嚼些什麼！」他亦是喬埃思意識流的信徒，在他的作品裏隨時可找到文思天馬行空，墨汁即興橫流的痕跡。他對「性」這個主題窮追不捨，過分的渲染、隱喩，大膽暴露的描寫，就連西方這麼開放的社會也受不了，加上他的特立獨行並不平易的處世態度，艾瑞斯柏格先生難免被目爲是個楞楞角角的人物。儘管如此，艾氏在文壇的成就仍是被尊重的，《審判的日子》和《艷情歲月》都得過大獎，此外他還得過幾項其他名目的文學獎，雖然跟沙夏（我們是同事，很熟，都是呼前名的）談話，總聽他唉聲嘆氣，不是悲人生蒼白就是怨社會黑暗，依我看，他的境遇倒還看來蠻過得去的。

與艾瑞斯柏格比起來，柏爾納完全是另一典型的作家。他亦是記者、教師出身——作協同仁裏許多身兼教職：在歐洲，非暢銷書類的文藝作家，很難維持專業身分，大半都得有個賺錢喫飯的工作，否則無法生活。瑞士的平均國民收入爲每人每年兩萬七千美金，居世界冠軍，作家卻只有不到一萬之數，斯文淪落，言之可嘆。

柏爾納的筆風質樸可親，時時流露著並不刻薄的反諷和諧趣，他書中的角色以卑微無知的小人物爲多，他描繪那些升斗小民的喜怒哀樂、可笑的心計和面對問題的愚蠢，令人讀之不禁笑出聲來，但後面的背景是暗淡而悲涼的，充滿著人生的無奈和不平。讀他的小說，使人無法不想到王禎和與黃春明，他們的作品風格十分相近，正如我前面所言：文字不同，追求文學美善的目標則不分地區和國家，都是一樣的。

柏爾納生於一九四四年，現年四十七歲，自一九七二年開始文學創作，至一九八九年，共出版《樂透王》(*Die Lottokönige*)、《河城孤夢寂》(*Friedrichs einsame Traüme-in der Stadt am Fluss*)、《都柏林的奇蹟》(*Das Wunder von Dublin*)等共七本書，一九八九年亦獲蘇黎士市頒發的文學獎，一九九〇年獲「席勒文學基金會」獎，接著被選爲瑞士全國作家協會的理事，他的寫作事業亦才算眞正的步入坦途。

我非文評家，亦非德語文學研究者，介紹得可能浮皮潦草了一些，但我服膺「他山之石，可以攻錯」之說，也崇拜歐洲豐富的文化內涵。相信這兩位來自地球另一端的文學使者，會帶給我們文壇一些新的消息。我們的文化架構起自儒家思想，歐洲文化卻源於基督教文明，根本上不免有些差異，然而在探求人生眞理的方向和標準上是一致的。從一九一七年新文學運動以來，我們文學界大力引介西方文學，幾乎所有西方重要的文學作品都有中文譯本，不單一般讀者能夠欣賞接受，大多數從事文學創作者也很少能避免受到西方文學的影響，究其原因，不外文性即人性，人性乃人類互通之性的道理。

歐洲與中國作家的淵源甚深，早期的一些新文學中的佼佼者，如徐志摩、老舍、凌叔華、巴金、戴望舒、張道藩、邵洵美、陳西瀅、蘇雪林等等，都是與歐洲關係極密切的。中歐文化間的交流是我們文學界的傳統之一，這樣的好傳統，我們希望保持並增強，進而有新的發展。

做爲一個海外的中國作家，勉強的在西方文學圈子裏軋一角，想做得更多亦是心有餘而力不足，第一步便是請來了兩位客人，很希望這是廣交朋友的開始。

一九九一年四月十九日「中央副刊」

一棵小樹

——歐洲華文作家協會成立大會講辭

承文學伙伴們的推重與信任，在今天上午的會員大會中選舉我爲會長，現在我就懷著興奮的心情，以歐洲華文作家協會第一屆會長的身分，鄭重宣布：從此刻起，這個全歐性質的華文作家組織，已經正式成立了。

自中世紀起，歐洲在繪畫、文學和建築方面，就展現了雄渾的潛力和多采多姿的面貌，至今仍歷久不衰，歐洲的人文科學始終是舉世注目的焦點。而其中法蘭西文化裏的浪漫與唯美，尤獨具風格，引人入勝。這一點，正是爲什麼我們把這歷史的一刻——歐洲華文作家協會的成立大會的地點，選擇在法國巴黎的原因。

我們爲什麼要組成這個會？動機和意義是什麼？是什麼力量，把我們這些散居在歐洲十二個國家裏的華文寫作人凝聚在一起的？

外賓朋友聽了也許會驚奇這個數字，在中國領土以外居住的華裔人數，有近三千萬之眾，他們多數分布在東南亞各國，居住在美洲的爲數也很可觀。就是在歐洲，也有七十餘萬的華裔僑民。這些人，在當地彷彿是個特殊階層，他們熱愛所置身的新土的文化，但也忘不了舊土的文化，他們不見得與中國有什麼關聯，譬如新加坡，完全是一個另外的國家，可是他們學華語、讀華語、用華語寫作。十年之前，亞洲十四個國家的華文寫作者，組成了「亞洲華文作家協會」。這個組織是純粹文藝性質的寫作團體，表現得成績卓越，因此在一九九〇年在泰國曼谷舉行第四屆大會時，決議擴展成爲世界性的「世界華文作家協會」，並且組成了籌備處，要求歐、美、澳各洲，迅速成立分會，加入其中。所以，我們今天組成的這個「歐洲華文作家協會」，也是「世界華文作家協會」的歐洲分會，一個組織雙重身分。如果沒有總會籌備處給我們鼓勵和支持，我們的會未見得能在今天誕生。

兩種文化互容互諒

我們的組織很小，只有會員六十人，不過與整個歐洲華語系統的僑民總數相比，比例數算是高的。

我們的六十個會員裏，包括學者、藝術家、音樂家、商人，自然也有多位專業作家。不管各人從事的是什麼職業，眞正使我們熱愛又願意爲之奉獻的都是文學創作。在文學創作的領域中，我們這些用華文筆耕的作家還有另外兩個共同的特點：第一點是，我們都有完整的中華文化背景；另一個特點是，我們長居歐洲，多多少少都受到些歐洲文化的薰陶，以致我們的思想和生活面，既不同於中國本土作家，也不同於眞正的歐洲作家，它可以說是揉和了中國儒家思想和西方基督教文明的一種特殊品質，這其中當然可能產生一些負面作用，譬如說因徘徊在兩種迥異的文化間，所引起的矛盾和衝突，但相對的，基於這種迥異，使兩種文化互容互諒、截長補短、去蕪存菁，產生一種新的精神的可能性更大。這種新的精神，正是我們這些居住在歐洲的華文作家們，寫作靈感和題材的泉源。

我們把在歐洲生活的經驗、所見所聞，以及以一個身負中華文化傳承的歐洲新移民的感情、感觸和感覺，抒發爲詩篇、散文或小說，寄到我們的故鄉去發表，結集出書，使那兒的讀者對歐洲的風土、人物、思想，增加認識，產生情感，甚至心靈相通，無形中促成了不同民族的認知和了解。所以，如果說我們這些旅歐的華文作家們，扮演著中歐文化間橋樑的角色，並不是過分之詞。

我願很坦白的說，我們並不以這樣的情況爲滿足，因爲我們需要更多更廣的認知和溝通，對於我們自己所選擇的第二故鄉——歐洲，很期待當地文化界和讀者們的瞭解與認同，唯有如此，我們才能眞正感受到自己是這塊新土裏的一員，不以自外的心情來從事創作，而會有一種兩種不同文化水乳交融後的和諧感、成就感。

我本人在歐洲已近三十年，交了一些寫作圈的朋友，並是幾個文學團體的成員，整個得來的印象是，西方人多半認爲，以儒家思想爲架構的中華文化，保守而自大，具有古老文化的唯我獨尊的優越感、排他性。事實上這個印象並不完全正確。相反的，中華文化有容乃大，最能接納不同源流的、美而好的東西。只拿文學作品一項來說，自一九一七年新文學運動開始，至今已七十餘年，從未鬆懈西方文學作品中譯的工作，舉凡歐洲優秀的文學作品，可說都有中文譯本。歐洲文壇的著名作家，在華語世界裏亦有可觀數目的讀者。就拿我們的六十位會員爲例，我相信沒有一個人沒讀過歐洲的翻譯作品。以我本人而言，走上文學創作的路，不能說沒受到西方文學的影響，法國作家羅曼羅蘭的《約翰・克利斯多夫》，和福樓拜的《包法利夫人》，曾是我青少年期最喜愛的讀物；近期存在主義大師卡繆和沙特的作品，亦是我至愛的。

相對的，與中譯歐洲作品比起來，歐洲方面所做的中文作品翻譯成歐洲語文的工作便不成比例。這當然基於客觀條件的限制，譬如中文對歐洲人來說，完全是另外一個系統的語言，學習起來太難，能夠駕馭的人，除了頂尖兒的漢學家之外，確是少之又少。但這種情形目前已有改善，據知在歐洲，學習華文已漸蔚成風氣，僅只法國就有五十幾所中學設有華文課程，對未來譯介華文文學作品，和促進法華文化的交融，可說已邁出了一大步。我幻想著，在二三十年之後，我們這些用華文創作的作家，在歐洲也將擁有成羣的基本讀者。

我們都會承認這個世界是美麗的，她之所以美，不僅因爲有大自然的先天景觀，和歷史掘之不盡的內涵，也因爲有人類後天不斷的建設。文學創作是人力美化世界的成果之一。勇敢的寫作人坦然打開心胸，把他們的快樂和悲傷、對生命的期許和禮讚，乃至譴責與憤怒，形之於筆墨，進入到千千萬萬讀者們的心中，與他們同悲共喜，讓心靈一同昇華，創造豐富而優美的內心天地。

世人都說愛自由、愛和平，另方面卻又製造戰爭。在這兒我要說，武器永遠不會給人類帶來眞正的和平和自由。眞正的和平與自由，要靠人們本身的智慧和愛心。好的文學應是促使人接近、互愛、坦蕩大度，而不是讓人褊狹、自私、互相仇恨的。一般喜稱作家爲「人類靈魂的工程師」，正有鑑於此。我們願意把人類的靈魂建設得美麗，不願造得醜陋。

植根和薪傳的工作

要認識一個國家和她的人民，首先就要認識她的文化，而最直接表現文化的語言，應是文學作品。我們這些長居在歐洲的華文作家，需要與歐洲本土的作家們，互通信息、建立友誼，共同爲文學的理想努力。固然中歐文字的不同是一項障礙，但在文學創作追求眞、善、美的本質上，應該是一致的。現在我們已經有了這個具體的組織，希望假以時日，能與歐洲各國的作家團體，建立往還的關係。

我們的會章上有所說明，我們的目標不僅是以文會友，也要提攜後進、培植新人，做些植根和薪傳的工作，以便將來老的一輩華文作家息筆之後，能有新的一代跟上來。我們要做的工作和計畫甚多，然而眞的情形是：這個「歐洲華文作家協會」，只是今天才種到泥土裏的小樹苗，到它綠樹成蔭、繁花滿枝，還需要時日，更需要陽光和水分。各方的期許和支持就是我們的陽光和水分，請不要吝嗇伸出你們的友誼之手，我們需要鼓勵和關懷。

歐洲與華文作家的淵源甚深，中國早期的一些新文學作家中的知名者，如徐志摩、凌叔華、林徽音、徐仲年、張道藩、邵洵美等等，都曾是留歐的學生。不過他們雖然各有所成，在歐洲時卻也只是各寫各的。我們這個歐洲華文作家協會是眞正的第一個全歐性的華文作家組織，相信在華文文化史和歐洲文化史上，都會記上一筆，如果說此刻是歷史性的一刻，應不是過分之詞。

任勞任怨貢獻心力

在我們這棵小樹植根的今天，承各位朋友、法國文化界名流、駐在法國的各單位代表、旅居法國的傑出華裔人士，尤其是乘了近二十小時飛機，專程從臺北趕來的朋友，都不嫌我們這會的規模簡陋，光臨指教，分享我們的快樂，實在使我們感動又感激。謹在此致最誠懇的謝意。我們也要謝謝法國政府給予註册，使我們成爲眞正的合法會社。

在會議籌備的過程中，可說波折叢生，備極艱辛，要不是我們的會員同仁們，特別是住在法國的會員們，任勞任怨勇往直前的貢獻心力，今天這個會可能不會進行得這麼順利。在此，我也衷心謝謝這些可愛的文友，相信在大家的同心協力下，我們的會將越來越完善。

俗語說：好的開始就是成功的一半，我願以這句話來祝福我們的會。

一九九一年三月二十一日「聯合副刊」

開在異鄉的文藝花朵

——寫在歐洲華文作家協會成立之前

去年暑期回臺，與文藝界朋友甚多相聚，一天邱七七大姐在家召集聚餐，請的全是女作家，蓉子、小民、丘秀芷、鮑曉暉、鍾麗珠、大妹淑敏等等。主客當然是遠道回去的我。

每位寫作姐妹都帶來她們拿手好菜，主人七七大姐更是又烹又燉，準備了一桌佳餚，我跟她開玩笑說：「你是婦女寫作協會的『領導』，所以咱們今天是清一色的婦女。」七七大姐聽了笑道：「不然，等會有男士來。符兆祥有電話，自告奮勇的要參加，說是有要緊事跟你談。另外梅新也來，不過他中午有重要聚會，飯後才到。」正談話間，門鈴大響，短小精幹的符兆祥手裏拿著一大堆紙夾，匆匆而入。

我與符兆祥會見過兩三次，知他是著作權人協會和亞洲華文作家協會的秘書長，為人衝勁十足，異常能幹，一向熱心推動文化事業，筆下也很來得，散文和小說一本本的出版，與女作家丘秀芷伉儷情深，堪稱文壇模範夫妻中之一對。但他趕來要跟我談什麼？我卻一點邊也摸不著。

兆祥果然不改「辦事人」的本色，寒暄話還沒說完就打開那堆紙夾跟我開談。原來成立了十年的亞洲華文作家協會，要擴展成爲世界性的組織，歐、非、北美、南美各洲都要成立分會加入其中。歐洲文風特盛，自是一馬當先，並擬委託我來策劃組成。

我一聽就推辭，理由是：太忙，平常各種工作已壓迫得我心力交瘁，恐怕沒有精神再弄組會的事，另一非常重要的原因，組會之類的事多半是吃力不討好，對於此道我已有過相當經驗，不想再自找苦吃。但是這位秘書長先生再三說，這不是他一個人的意見，是經過商議的，他們認爲我多年來在華僑文化界做過些事，各方面認識人也多，登高一呼，必有良好反應，希望我不要推辭。在座的眾家姐妹也好言鼓勵，說該做而不做，不是謙虛，而是逃避。於是，我說待我看看資料，考慮考慮再做肯定回答。

兩天之後，我與符兆祥在著作權人協會他的辦公室內，爲此事再度商談。我告訴他，歐洲的華文作家爲數有限且居住分散，各寫各的，互不相識。事實上很需要有個作家組織，將大家凝聚在一起，不單可以文會友，疏解鄉愁，亦可藉此組織，在海外發揚中華文化，提携後進，掘植新人，爲僑社做點寫作薪傳的工作。雙方相談甚歡、意見融洽，我便接下了這個組織總召集人的名銜。當時兆祥說他十月間將去匈牙利開會，我請他務必取道巴黎，以便認識該地文友。

兆祥言而有信，眞在巴黎停了一天，但見到的文友連我在內也才總共四人，這使他不免產生憂慮，連連問我情況爲何如此蕭條？我叫他別擔心，說我既接下任務就一定不辜負所託，絕對盡心盡力的去辦，就算尋找這些不知藏身何處的華文作家，難如大海撈針，也要去撈他一撈。

我眞的在大海裏撈起針來。第一步是在每個國家聘請召集人，作家多的地區多聘，少的地區少聘，按比例分配。譬如法國，是華文作家最多的地區，便聘四位，像捷克，連找一位也難，當然也就只好是那一位。但某人在某國？住何處？確實杳無線索，只好憑著數年前我到各國參與文化活動的舊資料，試著「尋人」。例如六、七年前，曾應邀至馬德里演講，認識了林經丰先生，他能寫又能畫，人也活躍，是理想的召集人人選。唯由於大家都忙，已失去聯絡，爲了問他的地址，我特別寫信給駐西班牙的周成竹代表，周代表接信忙去查詢，得來的答覆是林先生已學成歸國任教，並把他老家花蓮的地址給了我。於是這事就得從頭來起，周代表終於推薦位召集人：年輕詩人林盛彬，這位林先生也不好找，打過七八次電話才算抓到了他，西班牙方面終於有人負責召集了。

這只是一個例子，每處有齣不同的戲：爲了打聽眭澔平、王家鳳、鄭寶娟的「下落」，我長途電話和電傳打遍歐亞兩洲，最後才發現原來他們近在咫尺，如此這般的張羅了幾個月，在歐洲十二個國家都設有召集人。這些召集人都是我志同道合、可以眞心合作的文學伙伴，我既邀請他們共同爲歐洲的寫作朋友建立一個自己的「家」，就完全的信賴他們，每個地區都由他們本身看實際情形行事。雖然其間經過一些波折和困擾，如今終得月明雲清，眾志成城，三月十六和十七兩日，我們的「歐洲華文作家協會」就將誕生，待「世界華文作家協會」正式成立，這個會就是她的分會，一個組織雙重身分，既省物力又省人力，這一點是大多數召集人和總會籌備處方面取得的共識。

至目前爲止，我們的會員已近六十名，其中不乏文壇知名之士，特色之一是中青年代的作家佔比例數甚大，多的是才俊之輩。另一特色是女多男少，能寫又能辦事的女強人者流很能找出幾個。譬如專寫散文的呂大明，文筆那樣清純雋樸，不沾烟火氣，令人讀來俗念盡消，跟她說話，只見她慢條斯理，輕聲輕氣。我原以爲這樣的人只能坐在書桌前抒發靈感，沒想到她辦起事來跟寫文章一樣的頭頭是道。因我人在瑞士，巴黎方面籌備開會的事宜無法全部兼顧，就把那邊的大小雜務交給了她。事實證明我是找對了人，否則是否能籌備得這樣週全？可沒人能保證。

巴黎的鄭寶娟，誰也不能否認她是文壇一顆閃亮的新星，小說寫得又快又好，有出乎她年齡的成熟、才氣在字裏行間跳躍而出。她現年才三十出頭，如此一直寫下去，前途眞箇不可限量。我原也想委她以重任，後來知道他們小夫婦剛得了個寧馨兒，正在手忙腳亂中，所以囑她專心照顧兒子，什麼任務也不派她，到時來開會就是。

若說我們這會裏藏龍臥虎，應不算自我膨脹或老王賣瓜；任容這兩個字大概誰也不陌生吧！她那渾厚甜美的聲音給中國人爭足了氣，得過多次音樂國際比賽大獎，但一般只知道她是聲樂家，只有很少人知道她還寫得一手好散文，我便是這很少人中的一個。邀她入會，這位出名的聲樂家謙虛得像個小學生。「稱我作家我不敢來，我只是個作者。」任蓉用她好聽的嗓音在電話裏叫著說。「好，那就當你是作者吧！」我說。於是，這個「作家」協會裏就有了個「作者」。

孫步霏，想來這個名字也是很多注意文藝動態的人熟悉的，說起來，她和任蓉異曲同工，也是個上天特別眷顧的多才多藝女兒，一手寫作，另手剪紙，她的剪紙藝術已在國內外舉行過二十餘次展覽，其獨創的風格和精緻細膩的技巧，把那些洋人看得睜大了眼。據知剪一隻大公鷄就要一百個小時，她每開次展覽會都展出數十幅作品，也不知她是怎麼投諸心血和靈感的。步霏的散文寫得非常生活化，純樸自然，充滿人情味。她已出過一本散文集《萊茵過客》，甚獲好評，現正醞釀著出第二本。以為這樣一個又剪又寫的文藝女士不能辦雜事嗎？那又錯了，德國方面召集人的任務我就交給了她，不出數週，那幾位曾為《西德僑報》中堅大筆的作家就被全揪了出來，使我無法不說她聲「能幹」。

如果把我們的女會友們一一的介紹，怕得寫上三萬字，因為她們實在是各有各的才情，各有各的文采，像記者出身的王家鳳和王繼熙，報導性的散文寫得文情並茂，做過編輯的陳昭吟、孫正微、朱璣、李湘萍，不但熟稔編務，筆下也都練就一番功夫。趙曼的感性散文，靜遠的哲理性散文，常常在歐洲第一中文大報——《歐洲日報》的副刊上發表，此外還有劉純芬、劉蓬蓮、李錦鈺、施仙、郭鳳西、卓如嬿、蔣曉明、屠德芬、林麗娟、楊玲，都是報紙副刊的投稿人，她們有的因為忙著在家做好太太和好媽媽，暫時停了筆，有的始終勇往直前，一格一格的往上爬。說到這兒，必得提一提《西德僑報》。

《西德僑報》是德國僑領徐能先生創辦的，一份手抄本的綜合性刊物，但已出了兩百多期，十數年來為歐洲華文寫作界造就了無數人才，我們的會員鮑美玉、梁雅貞、麥勝梅、龔慧貞，全出身自這份學生刊物。當然《西德僑報》培植出來的作家在歐洲還能數出數位，只因互無音訊，不知他們隱身何處，大海撈針的工作仍得繼續。

寫到此處，讀者們說不定會發生錯覺，以為我在組織婦女寫作協會之類。事實上我們這會的確是陰盛陽衰，女多於男，而且我們也的確有心響應文友陳若曦、陳少聰、於梨華、喻麗清等人發起組成的「海外華文女作家聯誼會」，組成分會。今年十月在洛杉磯召開年會時，我便將帶去歐洲會員的名單。「人多好辦事」，班底堪稱堅實，如果下下屆想在歐洲開年會，我們也敢勇敢的接下重擔。

雖然我們的女作家隊伍壯大若是，男作家們比起來倒也毫不遜色。試問寫報導和散文都寫得極有特色，一枝筆縱橫臺海兩岸，年紀既輕才華又高的眭澔平，有誰沒聽過他的大名嗎？爲了把他網羅在會裏，長途電話費可花了我不少，歐亞兩洲，能打聽的管道都問遍，最後才知道原來他到英國的里茲（Leeds）修博士學位去了。

除眭澔平外，比利時的王鎭國也是個難找的。說起王鎭國，相信四五十歲的讀者都不會陌生，特別在《文星》雜誌盛行的時代，總在上面讀到他非常「歐洲風」的優美散文，文筆圓熟，趣味雋永，擁有極廣的讀者羣，近年竟然不寫了，很是可惜，所以我打定主意非請他入會不可；希望在眾會友營造的文藝氣氛下，鼓動起這位文壇老將的創作熱忱，重新提筆。託朋友打電話，連打一星期，空聞鈴聲渺無人接，最後這位熱心的朋友只好駕車登門試探，終於找到了他。原來他在樓上研究唐代音樂，全神貫注，怎會聽到電話響？如今王學長已自告奮勇，將在大會成立時的慶功宴上，爲大家亮一手，先彈後唱，音樂是唐朝的，我們的耳朶有福了。

說起來，我們這會眞是人才濟濟，包羅萬象，無論你要看哪一方面的作品，都有人寫，詩人已是好幾位，楊允達、林盛彬……，從事翻譯的有張道文、林慶文、王安博、羅然。陳聖頌、陳朝寶，和女畫家馬慧嫻，都是畫中有文、文中有畫。散文和評論齊來的有曹振、王敦雍、俞力工、孫耀漢、畢傳威、趙基、劉曉蘇。最讓人「跌破眼鏡」的，是我們居然有個專寫「推理小說」的作家。所謂推理小說，其實就是偵探小說。咱們中國人向來喜歡看偵探小說，什麼《福爾摩斯偵探奇案》之類的書可暢銷半世紀不衰，怪的是看歸看、迷歸迷，寫可是不寫的，書店架上擺的偵探小說全是翻譯過來的「舶來品」。好在這情形現在已經開始在改變，我們的會員余心樂專攻此道，一篇篇精彩的推理小說相繼出籠：〈異類的接觸〉、〈松鶴樓〉、〈生死線上〉、〈眞理在選擇他的敵人〉，每篇都得過獎。故事裏兇殺案一樁樁的發生，全賴天生具有偵探頭腦，來自臺灣的留學生張漢瑞幫助破案，看得人好不過癮。

任何一個團體和組織，總得有幾個肯犧牲、願打前鋒、只顧奉獻不計得失的熱心人；否則事情辦不成。子修，就是這樣的人。他寫的散文正義凛然豪氣萬丈，正像他的爲人。成立大會在巴黎召開，我們的辦事人雖然個個盡心竭力，站出來一個比一個能幹，無奈有些事是女人再強也做不好的，幸虧子修早拍了胸脯，凡遇疑難問題，就叫他這個男子漢去抛頭露面。

因爲會員們以青年才俊居多，大老級的人物就偏少，張道文教授和李恩國先生，算是大老的第一、第二，假若非舉出個第三名不可，才六十三歲的王鎭國就也得「濫竽充數」；諸大老們各有所成，張道文在丹麥四十餘年，傳播中華文化，著作等身，令人尊敬。李恩國則獨力創辦《亞歐評論》雜誌，完全「自編、自導、自演」，編、寫、發行，全部一手包辦，頂多有時麻煩他那賢慧的太太幫忙打打雜。但這本「獨角戲」刊物已支撐了十年，殊爲不易。《亞歐評論》成立兩週年紀念會時，賀客和貴賓雲集，李老特別請我專程坐了飛機到倫敦去替他演講。演講的場地是在中國餐館裏，我一邊講，那邊就吵吵雜雜的端菜帶座，氣氛絕不詩意。事後李老問我「介不介意」？我說有什麼可介意的呢？我不是挺高興的講完了嗎？

我與海外僑界和文化界的感情就是這麼建立起來的，可說到處都有我的朋友，所以我主持組會的工作也到處獲得支持。不過很坦白的說，從開始的意動到今天的組成，其間經過的波折與艱辛眞不足爲外人道。我曾幾度想悄然退出，拱手讓賢，尤其新年後旅行美國歸來，精神萎頓已極，體力亦無法支撐繁重的工作，而種種逆流挫人心志。但當我表示想撒手不幹時，會友們就給打氣，說：「你叫我們做什麼我們都做。如果你要退出我們也跟著退出。」

有這樣一羣眞心誠意的好朋友支持，我若不把事情辦成功也太辜負他們的熱情吧？如今，我們的會到底誕生了，這對我們是多大的快樂，對歐洲的華文寫作界又是有多麼不凡意義的盛事！

歐洲華文作家協會成立了，但尚在起步階段，要做和該做的事正多，剛開始的頭緒不清也免不了，好在我們都有熱忱和信心，都想把這個會當成我們的「家」，摒除文人相輕的心理，彼此相推相重，我們會合出《歐華選集》，每次開年會將請文藝界重要人物來座談、演講。要幫助已寫了許多文章還沒出過書的朋友出書，要鼓勵那些有潛力而寫得少的朋友多寫，我們的財政和人事都公開，我們會裏的氣氛是和和樂樂融融洽洽，像個兄弟姐妹相聚一堂的大家庭，相互切磋，談文論藝。在這遙遠的異鄉，歐洲十二個國家的華文作家們，不再孤獨，從此結束「各寫各的」的一盤散沙局面……我們愛我們的會，也願聽到各方來的祝福。

一九九一年三月十一日「中央副刊」

下輯　生活繽紛談

人生小品五題

打拚與罷休

「身後有餘忘縮手，眼前無路想回頭。」《紅樓夢》裏包含的警句名言不知凡幾，我卻最爲賈雨村在圓通寺門旁讀到的這幅對聯低迴不已，思緒縈綿。

蓋世間一切的罪與恨、怨，人際關係的交惡，乃至權與力的鬥爭，皆因欲望的過度膨脹而起，沒有見到粉身碎骨的絕巖，定不放棄內中的僥倖之念，若後面還有半分退步的餘地，怎甘心就此停腳？强求，爭勝，好高騖遠，謀權奪利，說穿了無非是被一個慾字支配。如果能把生命的境界提昇一些，身後還有餘的時候便知縮手，眼前還有路的已思回頭，那該是多麼的好！

前些時看大陸出品的電視連續劇「末代皇帝」，主題曲的歌詞裏有這樣一句話：「勸君莫要憂，勸君莫要愁，當罷休時要罷休。」歌聲高亢悽楚，形容盡了人世的煩憂和無奈，給人消沉、頹喪，甚至放棄的感覺。

今天的現代人喜說「打拚」，這兩個字只在字面上就予人一種努力不懈、奮戰不休、全力以赴的動感，與「罷休」、「縮手」、「回頭」，正好持相反的態度，是積極而進取的。爲了生存，爲了求取更好的生活空間，和表現個人的才華與能力，勇敢拚搏是我們應該做的。唯拚搏也應有界限，如果不顧周遭的環境，無視於他人的存在，不問該與不該，只爲自身打算，永遠悶頭「打拚」，便很易流於狂熱或自私，是很可怕的。

人生之路不是一條永無波浪的平靜河流，可也不是永遠需要去爭鬥較量的競技場，當打拚時應打拚，當罷休時要罷休，難就難在這個「當」字，何時該奮戰，何時能認淸自身的情況，毅然「縮手」、「回頭」、「罷休」，又正拿捏把握得恰好？就要看一個人的心胸、意境，和對生存哲理感悟的高低了。

吹牛健將

亨利留長髮，穿牛仔裝，夾著香菸的手指上永遠五顏六色，不修邊幅中有瀟灑，叫人一眼就能看出是個藝術家。

亨利的確是藝術家，因沉迷於繪畫，把原來做得好好的機械技術員職位辭掉了，自稱每天至少作畫八個鐘點整。

藝術家的身分使亨利引以爲榮，與人談話聊天，常常強調他作畫時的靈感、又賣了幾幅畫等等。事實上相熟的朋友都知道，亨利的作品一幅也賣不出去，如果不是他父母留下小小的一幢房子供其棲身、出租，他可能已淪落到三餐不繼露宿街頭的絕境。亨利的好吹牛和自我膨脹當然被認爲可笑已極，背後免不了叫他聲「吹牛健將」。也有人當面反駁譏諷，弄得好吹牛的亨利面紅耳赤，語塞聲悶，尷尬得下不了臺。

那天，亨利蒼青著臉，沙啞的聲音裏攙著乾咳，又像往常一般的吹起牛來：「昨天又賣了一幅畫……」。但是這次在座無一人揭穿或取笑他，反說：「亨利，恭喜你呀！」

因爲亨利患肺癌的事，在熟人間已不是秘密。大家對他多一份同情。

大家商量湊錢給亨利做醫藥費，有人提議透過買畫的方式。

後來托了一個陌生人去買亨利的畫。

亨利彌留時朋友們圍在病榻前。「一口氣賣了三幅畫」，他驕傲地喃喃自語。眼珠亮晶晶的，枯瘦的面孔上現出從未有過的快樂光彩。亨利終於帶著藝術家的榮耀和滿足而死去……

亨利除了留給朋友們一堆賣不出去的畫，也留給每顆心上一個大疙瘩，每人都在問自己：像亨利那麼善良的人，爲什麼要那麼挖苦的叫他一聲「吹牛健將」？爲什麼不早些向他伸出同情的手？

夜讀

我乃屬於興趣廣泛的那種人，喜歡的玩藝不少，似乎難以說出那一項是「最愛」。可能是寄居海外多年，也可能因歲月不饒人，漸入老境，鄉愁與家國之思愈濃，從眾多趣味中終於輕而易舉的過濾出「最愛」，我的最愛莫過於躺在床上，打開檯燈，閱讀床頭几上那堆得一尺來高，永遠讀之不盡的書報雜誌，所謂「雪夜閉門讀禁書」是也。

我的書報雜誌甚多，總計二十多種，包括中文與德文的，除了一份中文刊物和兩份德文報紙是花錢訂閱的之外，其它全是國內國外水陸或空郵寄來的贈閱，報類每天、誌類每月有新的到，所以那一堆是除舊增新，經常保持著相同的高度，如果說書報是精神食糧，我的這份算得豐富。

其實臥床閱讀是自幼的「惡習」，明知對健康不好，卻是改不了。到今天，不但習慣已經成自然，且有解憂去煩之效。當工作一天後心身俱乏，或有不如意，或遇疑難，只消在靜夜裏小燈一開，展卷而讀，一切的疲勞煩憂便會飄飄渺渺的隨烟霧而去。此時的我，似隱身於深山，若沉浮於荒海，燦爛紅塵裏的華光彩影朦朧得看不清，絲竹干戈之聲也遙遠得聽不見，人生百態，世事萬象，懶得去思索研究。這一刻，思想是浮遊的，心情是放鬆的，浮遊放鬆得沒了邊，好像跟平日那個好杞人憂天的我脫離了關係，使我感到眞正是躲在世界的一角，有屬於隱士的，被遺忘也能遺忘的快樂。

在那堆書報裏，中文的比德文得到的青睞更多，而在中文的裏面，最被優先閱讀的，不是小說，也不是詩和散文，有關國家大事和社會動態的報導總是先睹爲快，特別當國內出了什麼特別事故，發生了什麼災難的時候，若是連著兩三天沒有報紙來，確會有惘然若失之感。可見說是愛遺忘，要眞遺忘也不易。

已有好心的朋友數次警告我，說燈光之下躺在床上閱讀對眼睛是虐待，叫我改除惡習。我倒也曾採納忠言，試著改過，無奈夜讀確是我生活中的最大享受，缺了它日子便蒼白得不像日子。人生幾何？但求適意，我決心隨興所至，保持我的最愛。

刻薄非福

有一種人，性好批評，口才又好，愛以挖苦別人來開心取樂，往往出語尖刻銳利，正好取笑到某人最怕觸碰的痛處，但他毫不去體會別人的心情，人前背後，用針針見血的詞句，繪聲繪影的形容模仿，誇張演義，博得眾人一笑，自覺幽默絕倫，說罷神采飛揚，頗是得意。

事實上，這是不厚道的，直接些說就是刻薄，正所謂把快樂建築在別人的痛苦上。

人往上走水往下流，其實人人想做人中之龍鳳，但因各人各命，生來背景和條件不同，空有鴻鵠之志和連篇美夢，亦無由實現。若問錯由誰起？我想只能歸給上天；上天給人的安排並不永遠公平，有的母親生出「中國小姐」，有的卻生出缺手缺腳的兒女，這你做何解釋？難道母親愛兒女的心有高下多少之分嗎？人海浩瀚，豈能人人同樣幸運？上智下愚之別固有，美醜與遲鈍伶俐之分亦不難見分曉。後天的努力縱能改變一些情況，但也只能達到有限的水準，先天造成的後果是無法全然改觀的。

因為上天造人並不完全公平，所以各項條件優越的得天獨厚者，更要珍惜所有，對那些條件不如自己或有明顯缺陷的人，付以同情甚或伸出援手。「己所不欲勿施於人」，我不希望自己的缺點被人當成茶餘酒後的笑柄，那麼我也不要以取笑別人爲樂。某人生了扁鼻子，某人矮小得像武大郎，某人一開口就打結巴，某人念書冥頑愚笨透頂，某人曾做過什麼樣的糗事，在你看來是那樣可笑，對他本身自然更是大大的窩囊，那麼你又何必那麼殘忍的，一定要把人家的痛苦當成笑話來取樂？

慣於以取笑、挖苦別人爲樂的人，無疑的易招人厭恨，如果他能做到一生一世永遠走順境也罷了，否則若一旦遭遇任何不幸，不但得不到同情，且極可能會引來周圍的拍手稱快，或一片解恨洩憤之聲。那時你能怪別人嗎？是非關因果循環，乃「種瓜得瓜，種豆得豆」的結果，不想被別人刻薄的，最好避免去刻薄別人。

爲人處世還是以忠厚寬宏爲佳，刻薄對己無益，對別人有害，容易樹敵或得罪人，絕非求福之道，何況尖嘴利舌如言之無物，也表現不出什麼眞正的口才。厚道是身體力行的事，如果嘴上和筆下滿篇仁義道德，出口仍鋒利如刀，刀刀皆具殺傷力，則仍不是眞正的厚道人。

值得敬愛的人

張女士是個熱心助人但本身並不快樂的人。原因是她總覺得付出太多而毫無收穫；每當談起話來，說到某人某事時，她原本好好的情緒就會變得忽然激昂。「要不是我的幫助，A一家會找到那麼價廉物美的房子?!」「要不是我的介紹，B會認識他現在的太太，有今天這麼美滿的生活?」「要不是我的引薦，C怎能找到像D那樣老實的合夥人?」「要不是……」張女士常把怎樣、如何幫助人的事掛在嘴上，而且總覺得那些被她幫助過的人不知感激，甚至忘恩負義，使她有被利用的感覺，滿心怨忿，一點也收不到助人為快樂之本的效果。

有天張女士來我處，神態憮憮的，又說她幫助什麼人做了什麼事，而那人居然轉身就忘了，從此很少見面，更別提有感謝她的表示。她越說越悲憤，最後狠狠發下誓言說：永遠不再幫助任何人，從此自掃門前雪。

我靜靜的聽著，終於忍不住說出我久想說的話：「你是個熱心人，雖然嘴上說得硬，當誰有求於你時，仍會立時改變主意，又熱活活的去爲人奔波。在這個冷漠又自私的人際圈圈裏，是個難得的好人。但是，每當你爲誰做了什麼之後，便覺得那人虧欠於你，潛意識中在等待他的報答和不停的感謝，這使他們在心理上有份負擔，感到與你相對太沉重，可能就要避開你。你試試看，不再怨天尤人，也別再到處宣揚你幫助過誰做了什麼，也許那些人又願意跟你接近也說不定。」

張女士很接受我坦誠的諍言，果然改變態度，無尤無怨，幫誰做了什麼就像從沒做過一樣，讓人跟她在一起是這麼輕鬆愉快如沐春風。慢慢的，那些被她認為忘恩負義的朋友，又一一的回到她的身邊。

不久前，我們這兒有個熱鬧的集會——張女士的五十大慶。宴會並非她本身或她家人張羅的，而是朋友們的一番心意。他們送了她一個心形的大蛋糕，上面的德文字是「我們敬愛你」。張女士感動得當場落淚，這才體會到助人的快樂。

一九九○年三月《明道文藝》

現代人的快樂

現代人是很不容易快樂的，主要因爲現代是個不易使人感到快樂的時代。

大規模的戰爭沒有，世界馬馬虎虎的太平了幾十年，每個國家都在做經濟擴張，只要沒有天災人禍，沒動干戈，也沒有自己搬石頭砸自己腳的，多少都創造出一點經濟生機。生產多，收入也普遍增多，那些以前可望而不可及，難以獲得的東西，很輕易就得到了，一樣樣的得到，物慾似乎被填滿了，一被填滿，人好像就不知該要什麼了？

於是，現代人漸漸發現，物質其實不能給人長久的快樂，工業社會的後遺症是心靈的空虛，於是，開始找尋充實心靈的東西了；或崇尚大自然，想在山水之間找尋屬於人類的優遊閒逸的原始情緒了。

現代人一開始找尋這種情緒，才體會到是如此的困難，才看清現代人除了被生活瑣碎、被責任、被社會上許多不合理的大小事件引起的煩憂重壓之外，還要忍受許多騷擾與侵犯，如噪音的襲擊、病毒和核子武器的威脅、自然環境的破壞等等。

海水、河水、湖水都鬧污染。有人興致勃勃買條大魚下酒，以享受大快朵頤之樂，沒料到反被毒水下生長的毒魚毒死了；汽車的廢氣把林裏的千年老樹燻出了病，歐洲三分之一的樹是「病樹」；人不能沒職業，不能不找生路活命，打了動物剝皮，給摩登女郎穿在身上，是求生賺錢路子之一；小海豹、小海狗均已遭遇到絕種的危機，連非洲的大象也死得不剩什麼了；林立的工廠、煙囪如雨後春筍，冒出的黑煙威力大得讓不吸煙的人照樣肺上生癌；在分秒必爭的現代化街道上，汽車機車是最快捷的代步工具，然而混亂的交通，卻形成人隨時隨地可以死的局面。

生活越進步問題越多，焦慮不安像影子似地跟著現代人的形體轉動，快樂在何處呢？要怎樣去求得呢？

叔本華和沙特的哲學支配著現代人的思想。叔本華說：「一切生命的本質就是苦惱。」又說：「一切的幸福都是消極的，我們不可能得到永恒的滿足。」沙特則強調「生命存在的虛無性」。

當西方的新舊哲學學說都不能解決時髦的現代人的苦惱時，人們便向神秘而古老的東方探尋了。在中國兩千多年來，並沒流行得起來的老子哲學，在二十世紀、八〇年代的西方的文明社會，反倒大行其道。

老子崇尚自然、壓黜人工，對人生的基本態度是主張「弱道」。如今世界各地彷彿都有他的信徒，「回歸自然」是他們最響亮的口號，他們彷彿很能體會「少則得，多則惑」，和「五色令人目盲，五音令人耳聾，五味令人口爽」的境界，怡然自得過著簡衣素食，極具自然情調的生活。無論男女，都穿著隨便，不修邊幅。什麼地方要興建原子工業，他們就扛著舖蓋到工地去露營，以阻止破壞自然生態，和避免引來核子武器的攻擊。

但追求自然之美、愛好和平的心確是熾熱而明顯的，不過，以這種方式找安全、幸福、快樂，還是沒找對地方。

說來現代人的煩惱多的是，如社會上一些不公平的現象，和一些靡腐的空氣給人的窒息感，付出多、收穫少而產生的挫折感，老之將至，生命有限給人的空虛感，都使現代人情緒頹喪，不易獲得眞正的快樂。

現代人眞的那麼難以找到快樂嗎？有次我給一位以前的老師寫信，把這話問他。他回信說，他這個「老現代人」很快樂的，雖然一生有過那麼多的挫折和失望，但當他想到他有那麼美麗的國家、溫馨的社會、善良的朋友、幸福的家庭和可愛的學生時，就會產生一種超過「快樂」的幸福感。

這位老師的話，深深啟示了我，知足乃常樂的根源，不管現代人或是非現代人，要想快樂，都得到自己心裏去找。自己不想快樂，或是專把眼光往暗處黑處看的人，別人是沒辦法幫助他快樂起來的。

現代人要快樂並不難，只問他想不想快樂。

一九九三年七月二十七日《中央日報》

警世兩則

前臺，後臺

如果把社會比做舞臺，我們可以很清楚的看到，有人站在前臺，有人隱身後臺，站在前臺的人，一舉一動皆易引起注意，讓羣眾認識或創造知名度的機會，都較隱身在後臺的人爲多。

我們中國有句話叫「出鋒頭」。一向的觀念中，出鋒頭即是有凸顯自己、自我誇張、自我膨脹的企圖，彷彿是不太應該做的事。所以當我們聽說某人「愛出鋒頭」時，差不多總會表示出反面的反應。坦言之，所謂的出鋒頭就是喜歡站在前臺，不願躲在後臺。

也常聽人說：「我這個人最不喜歡出鋒頭」，意思自是簡單明瞭，那是表示情願默默無聞的生活，不願誰人注意到他的存在。這樣對待生活的態度，在我們中國人的觀念裏，多會覺得是個有德性有修養，與世無爭的人，要讚美一聲淡泊清高。

事實上站在前臺出鋒頭，或躲在後臺淡泊清高，並無好壞高下之分，主要是依每個人的性情、趣味、能力，和工作性質，隨環境而形成。

一個天生形象明亮、機智敏捷、口若懸河、親和力強、充滿羣眾魅力的人，讓他躲在後臺不出頭，辦得到嗎？就算勉強辦到，對他本身是否會造成壓抑和苦悶？對別人，或對工作、對社會，是否也會構成損失？反言之，一個生性靦腆、不善辭令，見了生人就說不出話來的人，站在大庭廣眾之間，反而感到侷促；隱身後臺，安神靜心地做他份內的工作，也許反能讓其發揮所長，收到更良好的效果。

站在前臺或置身幕後，除了與個人的性格和能力有關外，更相關的是所從事的職業的性質。譬如，在政界、演藝界工作的人，或是運動員一類競技場上的人物，想藏身幕後亦不可能，他們永遠要以最明亮的形象凸顯出自己，如果做不到這一點，即表示事業不在高峰狀態。

拿政壇來說，以前講官派、講關係，某個上司欣賞某個下屬可任意大力提拔，某人是某部長的親戚便官運亨通。現在卻不是這麼簡單了，在講究民主的時代，人民不喜歡的人是很難在政治舞臺上一帆風順的。

由於時代的進化，社會的變遷和現實的需要，今天的政壇已如競技場，羣眾要選擇自己認爲適當的人爲他們服務，有志踏入政壇的人也必得毫不猶疑的站到前臺來，表演出他最好的身段和唱腔，博得滿堂彩，才會經選擇脫穎而出，得以在臺上屹立，伸展才能和抱負，說不定自此踏上政壇，得以優遊宦海。

正因如此，有意問政的俊秀們便紛紛擠向前臺，其中不乏想出奇致勝者，在臺上表演些出乎想像的情節，以期引起觀眾的驚嘆和掌聲，甚至成爲一顆爍爍生光的大明星。由於渴望走紅的心太切，也就難免有人會表演得過火，變成了「做秀」，或演成了鬧劇。

站在前臺表演不是壞事，重要的是要演出稱職，不溫不火，恰如其份；溫顯示無表演才能，火雖然能引起注意，卻也證明才能不足、太誇張、不夠資格站在臺前。而非常重要的一點是，一個好演員，不只是表現他個人的演技，也必得與全部演出配合，就算演的是獨腳戲，也還得顧及幕後人員，如燈光管理、舞臺設計、導演等等的運作，何況你演的是齣社會大劇，自然更不能掉以輕心，一舉一動一言一行，都得不離大格的按著道理來。

人生無處不藝術，生活裏需藝術，社會上處人需藝術，想在政治舞臺上一展身手的人，更得懂得藝術。譁眾取寵和任性胡來都是有損藝術的行徑，收到的效果最多是眾人短短的一聲驚呼，太離格的演出終讓人感到破壞氣氛，得不到衷心的激賞，更無永恒的價值。

長久站在前臺的人，多對「舞臺」有種難以自拔的迷戀，甚至在應該下臺的時候，也借種種口實，霸佔著位置不肯退去。

一個好演員，或者說一個識時務的政治人，或其他的什麼人，如果想博得他人的尊敬，去後留思，首先就要拿捏得恰到好處，該上臺時上臺，該下臺時絕不戀棧不走。天下沒有不變的事，世上沒有不老的人，自然規律的運作循環，一如大江裏後浪推前浪，滔滔流去的年華宛若滔滔流去的水，誰也無力將其喚回，表演舞臺也罷，政治舞臺也罷，都會隨歲月的交替，一代代的換新汰舊，年輕人的位置老年人不該佔據，社會能夠進步，正因此而來。

從前臺退下，並不就是世界的終點，相反的，一個把大半個生命活躍在前臺的人，一旦退居幕後，方得有時間和心情眞正的享受生活，才會發現景物是這麼美，雲天是如此高遠，周圍的親人是何等可愛，人生是多麼的有限。說不定這時你竟突然後悔不迭，爲什麼把那麼多寶貴的時間消耗在喧囂的前臺，而不留些閒暇出來，好好的欣賞，享受生活。世界是美麗的，問題在於你怎樣對待她，怎樣對待你自己，更重要的是，你是不是眞的認識自己，確實知道該扮演什麼角色。

名、位、權、利，說穿了都是帶不走的身外之物，爲人在世，應想得透、看得遠、拿得起、放得下，凡事服膺一個理字。如果能做到這一步，則無論站在前臺或隱身後臺，都可以心安理得，不會有懷才不遇的自憐，亦不會處心積慮的擠到前臺爭要角。當然，達到這層境界不容易，要功夫、要修養、要有坦誠大度的胸懷。

自滿與知足

你我都曾見過一種人：在大庭廣眾之間雙目昂視，下巴頦翹得老高，面色凛然傲氣沖天，彷彿周遭的一切都不屑一睬一顧，別人全是無價值的小人物，只有他又高又大不可一世。也有一種人，就怕人家不知道他才高八斗，無論走到那兒，說不上三句話，便開始爲自己宣傳，即使做謙虛之態，亦是以退爲進，並無誠意，言中話裏時時不忘自己的「行」，與別人的「不行」。

一個人這樣迷戀自己，對本身如此崇拜驚嘆，很可能確有出人頭地的不凡之處，但他的不凡和智慧一定不是最高，因他居然悟不出人外有人，天外有天、學無止境、三人行必有我師焉之類的眞理，犯了量小易盈、自滿自大的毛病，是讓與他相對的人很難承受的。

還有一種人，眉眼之間洋溢著和平的神氣，動不動笑容滿面，說起話來風趣橫生，不憂不怨，自得其樂，不但自己過得快活，也讓別人快活，使人覺得在他身邊是如此的輕鬆怡然，如沐春風；強似跟一個人在一起，總聽他怨天尤人，不是說這個對不起他，就是說那個有負於他，跟他說話還得加三分小心，就怕那句說錯冒犯得罪了他，那麼沉重無趣。這種人無疑的，是屬於知足常樂的一型。

自滿與知足從字面上看來，彷彿都是對自身情況感到滿意的反應，事實上內心的出發點和由外在的表現給人的感受，卻是大大的不同，其間境界的高低更是差之千里。而從根本上說，知足也罷，自滿也罷，與外在客觀條件並不一定有相互的關聯，一個人自覺得生活到這個程度，於願已足，並不代表他的生活眞的一定就無懈可擊，樣樣都可打滿分，主要是他能衡量自身的能力，正視客觀的條件，不妄想不貪求，也不去與他人比高下，能夠以寬容坦蕩的心去對待生活，使自己的人生不受外界的影響和干擾，順命隨緣的和平度過。這樣的修養和氣度絕非輕易得來，要靠高度的智慧和純淨的心靈來培養，特別在今天這個知識爆炸物慾橫流的時代，種種的誘惑和刺激時時刻刻在周圍湧動，要不受影響的堅持自我信念談何容易？正因此，所以我們日常看到目中無人的自驕自滿者，比看到那種知足常樂安身悅命的人多。

坊間有句俗話：「自以爲了不起」。意即：這個人其實不過屬於平凡之輩，可是他無自知之明，妄自尊大。說得更直接難聽一點，就是：一瓶子不滿半瓶子晃盪，半瓶醋是也。這些挖苦閑言，自然是對目中無人的驕傲人物所發的，其實比這更一針見血的詞兒還很多，要舉例能舉一籮筐，由此可見，驕傲、自滿、自吹自擂等等，都是很傷人的行徑，否則誰會想出這樣多以毒攻毒的刻薄字眼？

那些態度驕橫言詞誇張的人，眞的都是那麼自信、驕傲，對自身的一切都心滿意足，自認高人一等嗎？如果你肯仔細分析，也許會吃驚的發現，事情恰恰相反。

依心理學上的說法，那種處處要表現自己的不凡，就怕誰人不知他的出類拔萃和光榮歷史，無法克制的要以驕傲的面孔示人的人，常常是心理上欠缺安全感、滿足感、或自憐狂在作祟的人。因爲缺少安全感、滿足感，便相對的失去了自信，因此便急於要在別人的讚美或驚嘆聲中找回信心，證明確實如自己所希望和所幻想的那樣不同凡響。自憐狂的人，多半對本身有一種近乎病態的迷戀，認爲自己應該是比別人強，足以到處贏得掌聲的。如果到時掌聲未響起，他（或她）便會不能忍耐的開始自吹自擂起來。總之，驕傲、自滿、目中無人，是由於反常心理在後面推動，不但予人極壞的印象，也是一種十分可悲的病態。

知足常樂的人也往往會給人錯誤的印象。譬如：今天的社會無處無時不在競爭，名、利、權，永嫌不足，爭得的趾高氣揚，未爭到或爭得不夠的怨懟頹喪，你卻不爭，不怨，亦不說酸溜溜的話去損別人，仍然樂和和的過日子，說不定有的人就會認爲你是胸無大志，沒出息或沒能力，很可能由此就看輕了你。

但這有關係嗎？對你的人格和能力有損傷嗎？我想答案是否定的。知足並不代表不進取、不進步或拒絕競爭，而僅僅是表明了一個人對本身的存在，和對這個與他人共處的社會的態度。可以說是洞察人間百態，看透世事無常後的一種大徹大悟後的坦蕩胸懷。

懂得知足的人才能常樂，總抱著與人一比高下，就怕不比別人強，或怕別人不知他強的人，總活在處心積慮之中，怎會有眞正的快樂？

歸根結底還是那句話，人外有人，天外有天，你好，還有比你更好的，人生一共短短的幾十年，重要的不是你曾博得多少掌聲和艷羨的眼光，而是你得到了幾些心安和做人的樂趣。自滿自大的人不一定快樂，自得其樂的人一定快樂，所以我還是想做個知足常樂的人。

一九九二年三月十五日「新生副刊」

自由與永恆

自由

除「愛情」之外，我想被讚美得最多的名詞該是「自由」。

什麼是自由？依辭典上的解釋是：㈠不受拘束。㈡在法律範圍之內行動，不受別人干涉。

簡簡單單的兩句話，做起來也那麼簡單嗎？

爭自由的聲音充塞在地球上的每個角落裏，不自由，毋寧死。爲了要自由，頭可斷、血可流，不惜付出一切代價。不管做起來簡單與否？人們在做。詩人說：自由像風、像空氣，要任著性子飄浮到任何空間，不受任何力量的阻擋。給「不受拘束」做了極好的註腳。

每個人自由的本能，隨著他的肉身來到世界。也可以說，自由是生而爲人的基本權力。

這個權力不需什麼人贈給或賞賜，是天然的，就像吃飯、睡覺、呼吸一樣的自然，不必學習，生而知之，人人都會。有肉身存在，就有行爲表現，嬰兒落地的第一聲啼哭，亞當夏娃的男歡女愛，不管用什麼科學或神話來解釋，其實都是人類自由本能的發揮。

人類社會每天在演變，物質文明和精神文明都在進步，今天的現代人是文明人，當然不能再像嬰兒或傳說中人類老祖宗那樣全憑自由來表現行爲，因此我們訂得有法律，大家按規矩過日子，誰也不可干涉誰，誰也不受別人干涉；正如辭典上的第二條所言。如果有某個人或某伙人，濫權干涉，我們會認爲那不人道、專制、獨裁。膽小的在心裏恨，熱血沸騰膽子又大的，就跟他拼，生命誠可貴，愛情價更高，若爲自由故，兩者皆可拋。何等豪情壯志！

但是我想問：即使是拋頭顱灑熱血，付出最高的代價，便能爭取到絕對的自由嗎？人，可能擁有絕對的自由嗎？擺出的答案是悲觀且惹掃興的：人類不可能有絕對的自由，一般所講的自由只是浮面之上某一個層次的。當一個人的心裏還有愛和恨的存在，他的意志已被絲絲縷縷的意念牽引，不可能完全不受拘束的發揮。譬如要做一件事，他會想到對某一人，這個人可能是他的妻子、丈夫、兒女、父母、情人、朋友，或其他的什麼人，有好的或壞的影響，他或她會因此快樂或悲傷，或這樣做了對周遭的人會有什麼樣的反應！該做？不該做？當他在做思量的時候——儘管可能是不自覺的、潛意識的，他的思想卻已受外界的影響了，已經不是完全無牽無掛、絕對自由的了。所以說，一般人所強調的自由，只是自由的一部分：如說話、言論、寫作、行動、遷徙、居住、婚姻、戀愛之類的自由，屬於外觀，肉眼可以得見的。當然這些外觀的行爲皆從內裏而來，所謂發於內而形於外，是由於思想支配行動的一種表現，多是有形有象，別人可以體會到的，但這絕非一個人意志活動的全部，這種自由即使發揮到頂點，也是受局限的，充其量也只能達到「在法律範圍內行動，不受別人干涉」的階段。

所謂「不受拘束」，指的是外觀行動（事實上外觀行動要做到完全不受拘束也難）但除此之外我們還有心靈活動。心靈活動是沒有範圍的，天地萬物，善惡是非，高貴低俗，一切的想頭都可以在心靈裏活動，範疇說小可小，說大可摸不著邊緣，但無論怎麼大，也無法脫離七情六慾的驅使，當我們的胸腔裏還有顆熱熱的心在跳動的時候，永遠不能從人性的根本中走出來，何況後天的教養、習俗、禮教，已經把人的思想扣上了層層枷鎖。

在我們思想的時候，會自然而然的跟著自己認爲對的標準走，這個「標準」正是束縛「自由」的繩子，眞正的自由應該是沒有標準的，他該是像空氣、像風，那麼隨心所欲，任意吹撫飄蕩的。風與空氣自由，因爲他們不是人、沒有人性來約束，而人是人，有人的軀體就有人的天性。情與理的牽掛，永遠主宰著意志，就算意志活動的範圍擴張到最高點，也還是在人性控制的區域內，那情形就如同孫猴子無論翻多少筋斗，仍逃不出如來佛的掌心一樣。眞正的自由，也許只有在一個人「四大皆空」的狀況下才會出現。可是問題又來了，怎樣才能到達眞正的四大皆空呢？就算對人間的一切要求和希望已空，但軀體仍在，仍得穿衣吃飯喝水，既有這樣的需要，便不能完全擺脫人的社會，擺不脫人的社會就擺不脫對世界的牽掛，當然也就不可能追求到完全的心靈自由。

歸根結底一句話，人是感情動物，也是理智動物，有感情和理智，便永遠不可能不受拘束。我們充其量只能追求到「不受到別人干涉」的自由，更深刻的自由與我們無緣，聽來似乎悲哀，可誰讓我們是人呢？試想如果沒有「人性」這個管理員住在人的心裏，每個人都像動物一般的自由起來，這個世界還成樣子嗎？

永 恆

心懷大志的人總喜歡說大題目，例如「永恆」。「我要創造生命的永恆」，「我要追求永恆的愛」，「他的精神永恆不死」……諸如此類的詞句常常在文藝書籍裏看到。

永恆，從字面上看來，大概是永遠永久不變的意思。在這個多采多姿的宇宙間，什麼事物能夠永遠長久不變的存在呢？依我看只有星辰日月和山川河流，雖然傳說甚多，有預言家說某某年地球將毀滅，人類將絕種，但到現在爲止，已經過了不知多少個數不清的古老年月，呈現在我們眼前的，仍是這麼一個有花有草有山有水的美麗世界。悲觀一點想，就算有天地球眞的毀滅，這個宇宙總還是存在的，保不定那時有個別的什麼「球」出現，也可能比地球更好，大自然的玄妙常常不是人的智慧所能理解，但他恢宏的面貌和威力總使人覺出自己的渺小，如果大自然摸著鬍子，神氣活現的讚他自己一聲「永恆」，我們沒有理由責之爲「吹牛」。

自然可永恆，人生也可永恆嗎？人的生命如何能夠永恆，永恆的價值在哪裏？世界上那麼多人崇拜永恆，追求生命中的永恆，一些手握權柄的人，不惜舞槍弄刀，東征西討，不是要趁著有口氣在吃掉誰，就是想在行將就木之前統一誰，以求得偉大的勳業，功垂寰宇，後世代代稱頌銘感，成爲千古不朽的英雄，獲得生命的永恆。

這麼一說，事情就擺得很清楚，除了完全屬於個人感情上的；如畢生不能忘記某個人或某樁事之類，那樣完全主觀的永恆之外，客觀的永恆不發生在現時，而發生在未來，也就是說，你闖得鼻青臉腫，甚至甘冒天下大不韙爭得來的永恆，是否眞的能夠常存於人心，後世的人是否眞會把你定位於永恆，你自己完全不得而知——那時你早已化爲白骨，灰飛煙滅。就算眞的創出了空前絕後的成就，獲得了人們不盡的懷念和讚譽，求得了某個階段的永恆，自己也仍是沾不到邊。話講得更明白些：一個生命是否得到了永恆，他本身永不得知，而是要經過別人判斷，歲月濾篩，時間證明，種種的考驗後才能知道，譬如堯、舜、孔子、耶穌、岳飛、聖女貞德等，都是經得起考驗的永恆生命。他們雖然得到了永恆，當時自己也全然不知，更沒刻意去追求，他們只是做自己認爲應該做，對人類有好處，幫助人更美好的去生活，去認識眞理的事。後人受到他們偉大人格的啟示，激發起智慧與力量，得以獲取內容更豐富的人生，對他們由衷的產生出崇拜的心情，把他們眞誠的容納在心裏，給予永恆——永恆永遠得別人給，連那些偉大的靈魂也不例外。

世界之大，一共有幾個堯、舜、孔子？像我們這種小小的普通人，當然不能以他們的例子做爲標準，但這是不就是說小人物就該過一天算一天，乾脆放棄去想「永恆」這兩個大得驚人的字呢？不，放棄是自暴自棄，何況先知與凡人，大人物與小人物，各有各的活法，永恆的程度也有層次的不同，「不能流芳百世，也求遺臭萬年」那樣的永恆，是非常可怕的，情願不要。不過在我們生活範圍的小圈子裏，如果每做一件事都本諸良心，以善與愛做出發點，無私無妄，不因小善而不爲，永恆的意義仍是存在的。你愛人敬人，人愛你敬你，心裏怎會不容納你？永恆是不必刻意去製造或追求，而是實至名歸，自然而然形成的果實。我常想，人活得幹嘛那麼費力？但求我心平安也就夠了，對親人愛，對朋友恕，對工作誠，對本身也別太嚴苛，過自己喜歡對別人也無害的日子，至於將來怎麼個發展？永恆不永恆？就不干我的事了。

一九九一年五月《明道文藝》

東風西漸

今年初春，我參加了一個別開生面的生日宴。宴會的主人——也就是這天的壽星，共兩人，一中一西，一男一女，男的是瑞士當代最出名的畫家漢斯埃爾尼（Hans Erni），女的是華裔針灸醫生，名叫散有璉。漢斯埃爾尼和散有璉是什麼關係？爲什麼要一同舉行生日宴？引起不少人的好奇。

原來漢斯埃爾尼崇尚華夏文化，對於中國的哲學、藝術，乃至醫理皆感興趣，篤信針灸之術，夫妻二人因診病而與有璉結爲好友。巧的是漢斯埃爾尼與有璉的生肖都屬鷄，而且都是二月二十日生，雖然其間差了兩輪。有璉初度花甲，紅光滿面步履健頎的老畫家則八秩晉四。

壽宴之前的盛大節目，是漢斯埃爾尼紀念生辰回顧展開幕典禮。地點在瑞士名勝區琉層（Luzorn）的交通博物館中，一個名叫漢斯埃爾尼展覽館（Hans Erni-Museum）的建築物裏舉行。

爲什麼展覽館要以畫家的名字爲名？那是因爲，這位老畫家不單在瑞士負盛名，就是在國際間，也是當代畫家中成就卓越，受各國注視並尊敬的。譬如一九八五年，中國大陸曾邀請他去訪問一個月，今年初秋聯合國又聘請到美國設計郵票。在漢斯埃爾尼漫長的繪畫生涯裏，經常被世界各國請去做藝術文化交流工作，極受禮遇。他的故鄉琉層爲出了這樣一個畫家引以爲榮，特別設立了一個基金會，以該會的資金和名義，建造一幢漢斯埃爾尼展覽館。

至於這天的另個壽星散有璉中醫師，原習的西方醫學，卻多年來對中醫一直不能忘情，尤其對針灸一道，技術嫻熟鑽研精深。在歐洲，針灸醫生爲數不少，甚多難達到業務鼎盛的境地。事實上其中頗不乏門可羅雀者，常有醫生鎮日等候病人光臨，而病人蹤跡渺如黃鶴的情況。在這一點，有璉的成績足可傲視儕輩，她業務繁忙，病人眾多，包括各色人等。由於有璉爲人熱忱針術又高，極得病人信任。她更像個信使般，在異國的土地上，散佈這種古老的中國文化。

我曾多次參加過畫展開幕典禮，規模大小，出席人士多寡和地位，都與畫家的知名度密切相關。像漢斯埃爾尼這樣具高知名度的大畫家，開幕典禮自然是隆重、龐大的，一時冠蓋雲集，會場擠得座無虛席，而以二三十位黑頭髮的中國賀客最爲惹眼：他們固然前來爲老朋友有璉祝壽，另個意義亦是表示對這位瑞士畫家的尊敬：漢斯埃爾尼對引進中華文化十分熱衷，且運用他的影響力發揮成效。

一九八五年漢斯埃爾尼訪問大陸時，曾遊歷許多城市和鄉村，隨時做景物和人物的寫生。他的畫筆鋒蒼勁有力，飄灑豪放，含蘊老莊哲學的悠逸自然。中國的大地河山，質樸的中國人民，不管是老嫗老翁還是小嬰兒，乃至擔擔推車的勞動工作者，都是他描繪的好題材，他用西方的筆探索著中國的風貌精神。

漢斯埃爾尼亦曾與中國畫家廣泛接觸，對已故國畫大師傅抱石的女公子傅益瑤的畫風特別欣賞，兩人結爲望年交，並邀請傅益瑤訪問瑞士，舉行聯合畫展。明春——一九九四年三月，漢斯埃爾尼展覽館將有大舉動：一個主題爲「中國古代傳統技術展覽」的大型展出，會在這座建築模式新穎的六角形樓房裏揭幕，內容共十二個大項目，總計展出物品四百種。展覽館一九九四年的目錄上標題爲：「七千年來的發明和發現」。

經過此次展出，中國人的智慧將再一次的被西方人認識，指南針和火藥、造紙術及印刷術、紡織、青銅器的製造，都是中國人的發明，就連天文的研究，中國也是創史鼻祖。這些項目都將配以詳細說明和圖解，介紹給歐洲的參觀者，身爲炎黃子孫的我們，當然引以爲傲、爲榮。

那天出席畫展揭幕儀式的人雖多，受邀請參加生日宴的卻只有近百人之譜，都是兩位壽星的至親好友。宴席就設在交通博物館的餐廳，鮮花美酒，燭影搖曳，紳士淑女不分東西，融洽交談，中文、德文、法文，嘰嘰喳喳，把個大廳炒得熱熱鬧鬧，氣氛溫馨可愛。老畫家極富人情味，給與會的朋友們，在印有一隻大公鷄的菜單上簽名不算，還三筆兩筆勾勒出一隻和平鴿——是他近年來的招牌記號。他愛好和平，厭惡戰爭和廝殺，便走到那兒都不忘這隻象徵和平的鴿子，希望牠給人們帶來幸福和光明。

四年之前，美國電影演員及記錄片製作人，雷蒙巴爾（Raymond Burr），爲了他的世界性的文化藝術集錦，來瑞士爲漢斯埃爾尼拍了一套紀錄片，內容全部是有關他的畫作方面的，曾在美國數個城市，及葡萄牙、法國、瑞士等處放映。本約定明年五月再來，繼續拍攝生平和日常生活。出人意料的是，雷蒙巴爾先生竟去世了。不過拍攝計畫照舊進行，只是改由一位叫班尼威第斯（R. Benevides）的先生製作。

世界上出名的畫家很多，但是一個名畫家能走出畫室，跨越國界，關心文化交流的倒不多。漢斯埃爾尼先生已入高年，仍有這份熱情和精力，親自爲文化交流做出貢獻，實在值得我們敬佩。而吾友有璉，以中國的針灸之術，在西方社會闖出一片天，得到異國友人的推崇、信任，使得中華文化中的醫道得以遠播，亦可謂國人在海外奮鬥的成功典範。

一九九四年二月二十五日大陸《華聲報》

華文文化在海外

僑社一員

二十七、八年前的歐洲，華僑寥寥可數，「僑社」更是從未聽過的名詞，僅有的那麼幾個自己同胞，又受那時的政治氣候影響，壁壘分明，來往者僅三五個人。異國友人雖也熱情可愛，但對我這個中國情結特重，長久不用中國話聊天，或看不見黃面孔黑頭髮，就會覺得情緒低落的人來說，心境頗爲寂寞，家國之思如潮似浪，常常將我淹沒。

一長串歲月過去了，歐洲華僑越來越多，特別是經過幾次政治上的大事件之後，亞裔移民的數目直線上升，他們不見得全是中國人，但因祖先來自華夏，故土方言尚能朗朗上口，有的且能看、寫方塊字，從那個角度說都算同文同種同一家人，便也自然而然的融入華僑族羣。人一多，各式各類的社團隨即應運而生，最早只有華僑協會和學生會一類，現在則社團櫛比，名目繁多，令人目不暇給。有次一位國內來的朋友開玩笑道：「華僑有開會癖。」我告訴他，並非華僑有什麼癖，而是華僑留戀祖國，無法將根完全割斷，與自己人在一起會感到溫暖，再說寄人籬下，個人勢單力孤，有個組織，團結就是力量。

華僑的生活型態可說與國內，及僑居當地人民的生活都不完全一樣，因而形成了一個帶有特色的華僑社會，亦就是一般所說的「僑社」。身爲僑社的一員，看他從無到有、從弱到壯，除了欣慰之外，也獲得不少參與的快樂。

事實上我幾乎從未眞正加入任何社團做會員，原因是身爲寫文章的，不宜給自己抹上什麼色彩，超然的態度使下筆更能自由發揮。

長住海外，置身於華僑和留學生之中，作品的內容要不涉及他們也難。「海外華人」既是我的主題之一，僑社同胞對我便漸漸熟悉起來，不曾謀面的，舉行活動時也要帶上我一份，歐洲許多國家的華僑社團或學生組織，都邀我去演講或開座談會，使我無形中參與了僑社的生活，伴其成長，看其茁壯，產生了同甘共苦的感情。

記得第一次與僑界接觸，是應德國海德堡中國同學會的邀請。他們的信寫得懇切，大意是：我書中的人物使他們感到親切，很想與我在一起談談，「海外遊子，思鄉情重，望您不要拒絕」。老實說，在這以前我還從未有過以作家身分出去演講或主持座談會的經驗，那時我的孩子也還小，丟下家庭隻身出去幾天頗不容易。但我爽快的答應了，主要我的心情跟他們太相近：同是海外遊子，思鄉情重。能與他們談談，或因我的前去能帶給他們些許的溫暖，都是使我引爲光榮和安慰的。當我將去海德堡的消息傳到慕尼黑的中國同學會時，信跟著就來了，原來那兒出本刊物叫《西德僑報》，撰稿的班底就出在同學會裏，聖誕節之前正是同學會舉行年度大會之期，同學會長情文並茂的信上說：「大姐，請你來指導一下僑報的編務，並看看我們的選舉。」

那天，是個典型的阿爾卑斯山區的秋冬季陰霾天，太陽藏在雲後，空氣中飄浮著毛毛雨般的小水珠。我把家安置一番，提隻小衣箱，便上了路。從我住的這個城市到慕尼黑不過五個多小時的火車行程，算不得遠，只是我與他們之中的任何一人皆未見過，我們相約聚會，憑藉的是一份共同的感情：遊子情懷和祖國之愛。

在他們想：我，一個作家，總得住在旅館裏才像樣，我則堅持不必浪費，住學生宿舍足夠。結果在兩地都是一位女同學把房間借給我，她自己去另找住處。

那時慕尼黑的中國同學會稱得上藏龍臥虎，裏面不乏優秀的年輕學子，不但所學專精，筆下也頗來得，把個《西德僑報》辦得有聲有色。我與他們坦誠交談，看他們開會，選舉，參加聚餐，最後的大軸戲是我主持座談會，題目圍繞在異鄉生活、新土與舊土的認同，中國前途往那裏去等等，大家推心置腹，談得欲罷不能，座談會直到午夜一點才散。第二天清晨幾位同學送我上去海德堡的火車，在那兒等待我的是另一羣青年人。

海德堡的同學會沒有慕尼黑那樣的規模，但表現的誠懇絕不稍遜，他們沒有專供舉行會議的場所，一位王女士（據聞已因癌症去世）慷慨的借出她的餐館大廳，座談會除海德堡本地的同學參加外，鄰近的工業大城卡斯魯（Karlsruhe）也開來幾輛小車子，一時高朋滿座，開懷暢談，我小說裏的人物固然是討論的主題，而談得更多的是黯黯鄉愁和憂國憂時。會後，遠道來的珍重告辭，本地幾位性情中人，問我想不想看看海德堡浪漫的一面？我說「那還用問」。一伙人先到啤酒館各飲一杯，便從一條叫「蛇路」的彎曲小道爬上一個小山岡。新雨初歇，夜裏的海德堡靜如絕谷，納卡河上幾星漁火閃閃爍爍，居高臨下，舉頭是黑漆漆的天空，腳踩的是一條叫「哲學路」的出名山路，古人秉燭夜遊，我們摸黑爬山，談話的題材仍脫不了家國之思，走走談談，回到住處已是深宵兩點。這對我是新經驗，也讓我更深的體會到歷史壓在知識分子背上的包袱是多麼的沉重。也就是從這次起，我眞正肯從自己的小窩裏走出來，進入僑社。

一連許多年，我熱心的盡僑社一員的責任，僑學界社團邀去演講，開會，或參與什麼活動，除非是眞有困難，不會輕易說「不」。我因此結交了許多可信可敬的朋友，自然也不免引起某些人的眼紅和妒忌，打擊誣蔑毀謗的事很是遭遇過一些，一度爲此消沉。知近的朋友曾勸我：「不必那麼熱心，你做了什麼沒人會記得。」既然沒人記得，不如少管閒事，加之近幾年忙於躋身西方文壇，各式各樣的「洋」文化界活動已忙不過來，與僑社的距離竟漸漸遠了。

去夏歸國，受托於組織「世界華文作家協會」的歐洲分會，答應的同時心裏就在嘀咕：歐洲那麼大，華文作家稀少又住得分散，且我與僑社已少往還，做起來豈不似大海撈針！想是這麼想，做總是要認眞的做。回到歐洲，我便大海撈起針來，數年不通音訊的舊識，昔日有過往還的僑團，駐外機構，凡有需要的全寫了信去，不是問某文友的下落，就是探詢該國有無華文作家？人在海外，各個爲生活奮鬥，甚少閒暇寫信，駐外機構乃多半人少事繁，怎會爲了我要組會去四處探尋作家？何況長久不見蹤影，誰還記得你是誰而管這筆閒事？所以信雖寫了出去，倒並沒抱多大希望得到回應。誰知事實出乎我的想像，兩個星期後第一封回信來了，接著一封，兩封，三封……來自歐洲不同的國度，內容都是熱情又鼓勵的，有的告知某作家的住址，有的說已有線索，將去仔細尋訪，也有的差不多帶有歉意的表示，該國彷彿沒有華文作家，不過會盡最大努力去繼續查詢，叫我安心靜等回音。於是，我終於找齊了預定中的十二個國家的華文作家聯絡人，邁出了組會的第一步。

這時我才深深的體會到，友誼常存人間，往昔我為僑社盡的那一點點心力，大家都還記得。也眞正的領悟到，不求私利動機純正的奉獻，人們不會輕易遺忘，當你眞正需要援手時，不期而至的回報自會帶來欣喜。

僑社，是個有特色的社會，最大的特色在於他的人情味。

如今我們歐洲華文作協已成立兩年多，本年七月間召開第二屆年會，並與蘇黎世大學東亞研究所，共同舉辦「如何在歐洲發展華文文學研討會」。這都要感謝僑胞們的支持和協助，人親土親，所謂血濃於水。我為自己是僑社一員引以為榮。

一九九一年四月《光華雜誌》

從歐洲看華文文學

歐洲原是與華文文學關係最深的地區。中國文壇早期的一些優秀作家，如徐志摩、老舍、蘇雪林、凌叔華、巴金、戴望舒等等，都曾留學歐洲。可惜的是，他們雖然後來成為開創中國新文學的重鎮，在歐洲卻沒有灑下華文文學的種子。華文文學對早期的歐洲來說，是陌生的。

這種情形無疑與整個的大環境有關，僅舉一例：三十年前，瑞士蘇黎世大學的漢學系只有一個學生，而德、法、英等國大學的漢學系，也僅各有學生三、五人，就是民國五十幾年，留學生文藝風行一時，海外華文作家羣起的年代，歐洲唯一能舉出的名字，亦只旅居比利時的王鎮國一人，他在那時的《文星》雜誌和報紙的副刊上，發表許多有關歐洲風土民情的散文和新詩。到六十幾年時，我加入了寫作陣營，發表一些描寫海外華人生活的小說和散文。這也就是歐洲最初的華文文學型態了。

近十年來歐洲華文文化有顯著的進展，首先是學習華文的歐洲人增多了，各國的華語僑民也逐年在增加，如今歐洲華裔總數號稱七十萬，華文文學的讀者和作者，便也很自然的，隨著環境的變化而形快速的成長，結束往昔的華文文學沙漠狀態。

歐洲地大，華文作家們住得分散，彼此之間互不相識，各自孤軍奮鬥，寂寞耕耘，彷彿是歐洲文化圈外的孤絕族。有鑑於此，我們於前年的三月中旬，成立了歐洲華文作家協會。計會員六十人，包括十一個國家，乃是有史至今，第一個全歐性的華文文學組織。我們都為此感動並驕傲。

協會成立兩年以來，由於文學夥伴們能夠在人力物力皆缺的情況下，熱心合作，拿出的成績單是漂亮的，已舉辦數次文學講座，曾邀請兩位瑞士作家訪問臺灣。一九九二年的暑期，與巴黎的僑校合辦「青少年文藝營」，啟發海外出生的華裔青少年，對華文文學的認識和興趣。

而這期間，最重要的一項活動，是我們曾組織代表團，回國參加世界華文作家協會的成立大會，事實上歐洲華文作協的成立，亦是在爲世界華文作協建基礎。世華作協是由來自全球五大洲的華文作家所組成。未來的目標乃是推行華文文學大同世界的繁榮。

說華語的人口佔整個地球人口的四分之一，按說華文文學早具成爲世界文學的資格，然而事實上卻未達到這個目標，且相距甚遠，究其原因，一爲文字的障礙，華文對西方人來說，太難學也太難懂，能把華文作品翻成外文的人太少。再就是我們本身將華文文學推向世界的努力，做得不够，雖說發揚中華文化，著眼點卻很少放在文學方面。

如今有了世界性的華文團體，各洲也有類似分會的獨立組織，正可相輔相成，借重彼此的力量，做這個不一定能立見時效，對整個中華文化和華文文學卻十分重要的事。

海外華文作家們，一直注意文化交流的進展並努力行動，譬如今年夏天，歐洲華文作協就要與蘇黎世大學漢學系，合辦文學會議。該系的師生將全程聆聽我們的文學演講，並將部分會員優秀作品，譯成德語出專集，以達到眞正的瞭解與實質的交流。

我們爲此感到幸運和愉悅，但我們更需要國內的實力支持，在將華文文學推向世界的呼聲中，不應只是喊口號，要拿出一套實際的辦法，否則華文文學進入世界文學殿堂的門，仍然遙遠。

一九九三年五月《文訊雜誌》

實力最重要

一九八九年二月二十四日，東京有個盛大隆重的葬禮，這個葬禮舉行五種大典儀式，歷時十三小時，參加致祭者萬餘人，有全球一百六十三個國家，與十六個國際機構的代表，其中包括美、英、法、德、埃及、印度等國五十四位元首，副總統及首相五十五位，內閣閣員級王族六十二人。美國的ABC、CNN、NBC、CBS等四大電視網，及西歐各工業先進國家，都組成龐大的採訪團，前去實況錄影轉播。場面之大，層次之高，動員人數之眾，在整個地球上也屬空前。按說配享受這等哀榮的，縱非是像耶穌、釋迦那樣的神，也應是個具有博愛精神、慈悲胸懷、爲人類的和平幸福貢獻過心力的人。但令人感到遺憾和諷刺的是，這個被膜拜、哀悼，舉世政要爭著送上光輝榮耀的死者，竟是日本天皇裕仁，一個絕無仁慈形象，世人皆知其惡的僞君子。

雖然有些國家或政客個人，爲了本身的利害關係，編了些和平善良的故事爲他開脫，免除他的戰爭元兇身分，譬如美國和我們中華民國，都曾口口聲聲說：二次世界大戰爲好戰成性的日本軍閥挑起，與天皇無關，甚至說他連日本軍隊在外面做了些什麼——譬如像南京大屠殺那樣的事，也不知情云云，可謂越描越黑，並不能爲他洗刷罪惡。裕仁逝世後，歐洲的一些電視臺相繼播出二次世界大戰的紀錄片，箇中最詳盡的當屬英國廣播公司的出品。

英國廣播公司的紀錄片詳盡眞切，皆爲第一手資料，具百分之百的可信度，像戰時擔任日本首相的東條英機，在戰犯法庭回答問話時說：「天皇殿下的意思是沒有人能夠反對的。」，你能硬強迫自己不相信這話嗎？那就是說，發動殘酷戰爭，殺人幾千萬，把世界攪個天翻地覆，他都是無可推卸責任的主犯。這樣一個惡人死亡，居然「舉世同悲」？我們不禁要問，眞理還存在嗎？

眞理當然還是存在的，不過此一時彼一時，昔日孟子見梁惠王，王曰：「叟，不遠千里而來，亦將有以利吾國乎？」，孟老夫子聽了從容的答道：「王何必曰利？亦有仁義而已矣。」在那個時候這句話是非常動人的眞理，在今天卻變成了迂腐得令人發噱的謬論，蓋當今的世道是功利掛帥，無利可圖便萬事行不通，如果孟子活在今天，必答曰：「吾有大利於貴國。」如此梁惠王才會繼續與他交談，若他只帶來了「仁義」，倘不被亂棒趕出，也會遭受冷淡待遇，二十世紀的八〇年代是個什麼世態，無利可圖誰有功夫與你周旋？

說穿了就是一個「利」字在作祟。日本是當今第一經濟強權，連軍事預算也居僅次於美、蘇的第三位，亮出的形象是富甲天下潛力無窮，而美國連年來經濟不景氣，非常依賴日本的巨大投資，歐洲工業國家需要他的經濟合作，開發中國家嚮往他的經援，一些靠貿易生存的小國要跟他做買賣，人人有利可圖，何況人家的武力又那麼強，連蘇聯和東歐諸國爲了戰略和經貿需要，也不得不表示友誼。雖然英國、南韓等國家的人民抗議遊行，強烈的反對政府派高官去參加葬禮，也沒發生任何效用，現實利益究竟重於歷史恩怨。這麼一來，就造成了集天下哀榮於一身的場面，其實人人心知肚明，那躺在名貴的三層結構的棺材裏的裕仁曾犯下滔天大罪，並不值得如此禮敬與追思，可是大家仍使出渾身解數，努力的要把這齣充滿謊言的大戲演好。

這件事給我的印象很深，使我更淸楚的看出「實力」的重要。日本之所以能夠得到這等重視，唯一的原因是實力夠，有條件扮演國際舞臺上的要角，他求人的少，人求他的多，誰都要搶著跟他交朋友，正所謂形勢比人強。

國與國間的友誼固然是基於現實利益，平常私人間的交往又何嘗不基於「力」與「利」？前些天一個朋友向我發牢騷，說某某人多麼沒良心，忘恩負義，「你看到的，她初來時我幫了多少忙，找住處、延長簽證，差不多看醫生都是我給做翻譯。現在他竟跟我的死對頭×太太交成了好朋友，無非因爲×太太有兩家餐館，能賞她個飯館經理做做。唉！這種人，多麼現實！」她感嘆而失望的說。

我勸她不必這樣激動，應該看清人類社會本來就是這個樣子的，生存的環境越是困難，人心便會越變得現實，「如果你也能給她個經理做的話，也許她就始終是你的朋友，不跟×太太交往那麼近了。」我說。

仍是那句話，國與國之間和人與人之間的交往，實力都是極重要條件，像古人那樣以信義相交的事，不能說已瀕臨絕跡，但隨著時代的發展日益淡薄則是事實。對這所謂有情世界寄予厚望的人，聽到這樣的話也許免不了傷感，我本人便爲此戚戚然，「一片冰心在玉壺」的眞純境界總是令人珍視而嚮往，願傾力去追求的。但擺在眼前的眞實現象不容視而不見，總之，由日皇葬禮的情況，使我更看清了一個事實，實力是行事說話的基礎，沒有實力說盡華詞美句，擺盡低柔姿態，忠心耿耿也罷，以德報怨也罷，都難以發揮出吸引力。因此，與其我們見大家那麼奉承日本人而心中捻酸，憤憤不平，倒不如冷靜的檢討自己，設法增強各方面的實力。

一九八九年四月二十八日「中華副刊」

女人演好女人

今年的諾貝爾文學獎，由美國黑人女作家唐妮・莫里森，從眾多競爭者中贏得。是爲女性作家的文學成就、功力，不讓鬚眉的又一明證。

一般的看法，總認爲女人生活圈子窄小，寫作素材受到局限，譬如戰爭、探險、航海、政壇風雲和商場上的明爭暗鬥就無法體驗；因此寫出來的東西，總是「小鼻子小眼睛」，不是敍述身邊瑣事，就是描寫兩性問題、婚姻和愛情之類；而且因女人感情細膩、感覺敏銳、筆觸纖秀，創造的作品亦都精巧典麗有餘，雄渾浪漫不足，常常被禁錮於閨秀文學之列。但是雖然如此，只要作品發表出來了，或是輯結成書，一旦面對廣大讀者，對社會人心總會產生相當的影響力。

而身爲女人，爲人妻、爲人母，無論從事什麼職業，背後總會有一個家庭；女作家也多不例外。所不同的是，這樣一個常在思考中度日，將思想付諸筆墨，爲創作得耗去許多時間，生活視野較一般家庭婦女寬廣的女作家，在家庭中究竟應扮演什麼樣的角色？社會與家庭該怎樣爲她們定位，一直是個令人關心的話題。

然而，海內外傑出的女作家比比皆是，其中不乏著作等身者，這表示她們生命裏的大半精力的確都用在創作上。對於這樣的一個女人，社會看她僅是個作家嗎？仍是個女人嗎？家人視她僅是丈夫的妻子、孩子的母親嗎？還是只視她爲作家？

有次幾個朋友談天，一位女作家的丈夫用帶點無奈的口氣說：「跟女作家生活在一起是不容易的，那麼驕傲！男人在外面賺錢闖天下很艱難，辛酸說不盡，想回家擺擺譜都做不到，老婆比你還神氣，而且整天就忙她的寫作，好像那就是天下最重要的事，老公孩子都得靠邊站。」

這位先生的感觸，雖無絕對的代表性，倒能刻劃出部分女作家另一半的心聲，顯示女作家的確會因工作而影響家庭生活。如果那女作家除了寫作之外，還不時參與文化活動，對家庭造成的影響可能更大。

因此，魚與熊掌孰重孰輕？家庭與事業能否兼顧？這不但是長久以來困擾職業婦女的問題，女作家也不免要面臨這種困境。

女作家的誕生不自今日起，可說古已有之，只不過彼時女性作家的數量極少；卻亦有李清照、朱淑貞等超級才女流芳百世。可嘆的是，即使像李清照那樣的大作家，也走不進社會，她的天地只是家庭；每有新作品產生，端靠丈夫趙明誠向外界引介，她本人與社會是談不上有什麼關係的。

當今的環境不同了，無論中外，女作家不單數量直追男作家，就是作品的素質也不比他們弱。瞧瞧那活躍在世界各個角落的華文女作家，是怎樣熱情而滿懷理想地向社會大衆獻出赤誠，把她們的智慧和愛心公諸於世，更不吝做爲一個開創新觀念的人物；她們對社會的影響力早已不容忽視。

作家本是領導社會思想的力量之一，常能見人所不可見，憂人所不能憂，愛人所不能愛，而女作家心思靈巧、感性超強，特別是對男女兩性和婚姻問題，尤有獨到的觀察和感悟。近年來的暢銷書中，很多不離這個範圍，並對社會和家庭產生了明顯的影響。曾聽人說：臺灣如今高踞離婚率世界第一，那些大膽暴露兩性矛盾、提倡女性自覺的女作家應負部分責任。此話具多少眞實性姑且不提，女作家作品對社會的震撼力，卻由此可見了。

俗謂「男主外女主內」，女人屬於家庭，是千百年來的社會觀念。在往昔，女子不受教育亦無求生能力的時代，女人想不屬於家庭也做不到，算得上是百分之百的「家庭動物」。今天女人與男人無論受教育與就業機會，都趨於平等，唯女人屬於家庭，是家裏的擎天之柱的事實仍不能改變。

很多事業成功的女性，因太專注於工作，用在家裏的時間和關心太少，以致造成種種問題，如親子關係疏離、丈夫不滿、兒女行爲出差錯、日常生活紊亂而失去常軌等，這樣的現象當然也可能發生在女作家身上，因爲她們雖然不必每天早出晚歸、外出上班，但爲了寫作而妨礙家庭作息的情形，實在不免也會發生。

然而與別類型的職業婦女相比，女作家算得是得天獨厚：工作場地就在家中，不需離開主婦的生活圈圈，便可出產洋洋灑灑的成品；這邊悶頭苦寫，那邊廚房裏燉著菜餚；丈夫下班回來有妻子，孩子放學歸家有母親，如果時間安排得當，家庭生活應該不會受到影響；當然這是指生活的實質，精神層面是另一回事。

前些時我曾寫過一連串以「文學女人」爲題材的文章，其中一篇討論到「文學女人的婚姻」。我以爲，從事文學創作的女人，多半具有獨立思考能力，感情特別豐富，不失人性純眞，且對人生懷抱著理想。在家庭中，她固爲人妻人母，但家人應認識到，這位爲他們掌管日常瑣碎的妻、母，是個用文字創造精神生命的作家，要懂得尊重她，更要肯定她的成就，否則，如果連這點最起碼的了解和默契也達不到，這位女作家，在家庭中的結局很可能是悲劇性的。

文學是否該負「載道」的任務？至今仍無結論。不過，我認爲，作家本不需分男女，男作家所撰寫的題材，在社會上扮演的角色，女作家都可爲之；也就是說，女作家原來在社會中扮演什麼樣的角色，就應該努力去扮演好那樣的角色就對了，而不必分什麼男女。

一九九三年十一月九日《中央日報》「海外周刊」

一盒水彩顏料

一九八八年夏季攜兒帶女去大陸，爲的是讓他們認識故國江山和父母的故鄉，三個星期內走遍東北大小數個城市，遠至中蘇交界的黑河，想不到兩個「洋人」竟因水土上不服在那兒病倒，雖經各方面熱情照顧，醫生和護士們的盡心診治，打針吃藥灌點滴，五六天內得以痊癒，我的這顆心卻已是被折騰得七上八下。好不容易回到北京，又正趕上紅眼病流行，母子女三人六隻血紅的眼珠，又痛又腫而烈日炎炎滿室燠悶，讓人焦躁得火燒一般。幸而及時雨自天而降，不料滂滂沱沱的一下就不肯停。叔叔新搬家，居民樓前被掘得坑坑凹凹的街道，這時竟如野澤沼地，一片汪洋，走路時稍不小心便有跌入水中「受洗」的可能。我戴了副黑眼鏡，禁足在光線看來格外暗淡的樓裏，心緒黯黯。終於等到兩個孩子回瑞士的日期，而他們的眼珠也恢復成原來的顏色。我懷著欣喜的心情把兩人送上瑞航班機，自身又在叔叔家過了一夜，第二天就那麼無事一身輕的，獨個兒回到臺北探望老父和弟妹們。爲了清靜和不驚動人，我誰也沒告訴，送機的只有堂妹和她丈夫。大廳裏擠滿了旅客和送行者，有的譁笑有的拭淚，也有的在寒暄或商討業務，千百種表情在人們的臉上浮動。我對堂妹夫婦說：沒人像我此刻這麼樣輕鬆的，小包一提便上飛機，不必再爲別離傷情。堂妹也說：是啊！這次咱們誰也沒告訴，還是等你走後，我一家一家的替你打招呼吧！

談話間，忽見叔叔伴著男女兩人匆匆而來，叔叔道：「幸虧趕上了。你這同學從石家莊來，說什麼也要見著你。」跟著叔叔的話，那男女兩人笑容可掬的近前跟我招呼，「可還記得你有個同學叫宋守時嗎？」那男的親切的說。

「宋守時？」我仔細的打量他瘦高的身型和滿佈滄桑的臉，努力在記憶裏搜索。八年之間三次去大陸，經歷了不少動人心弦的事，其中最令我感慨又欣喜的，便是與一批批的老同學重逢。離別時我們還是十幾歲的孩子，經過一番長別離，都成了半老之人，外形的變化之大不消說，「見面驚初見，稱名憶舊人」的悲喜劇一再重演，但是對著眼前這位宋先生，我竟是茫茫然，稱名憶不起舊人，看面孔倒彷彿有幾分眼熟，可又說不出在那兒見過。

「你想想看，在四川唸小學的時候，是不是有次送過一盒水彩顏料給個姓宋的同學？」宋守時提醒我。

「啊！」我突然想起了，是有那麼回事：唸小學時，班上有個情況非常奇特的男孩，他生得乾枯瘦小，窄窄的一張蠟黃臉，臉上漠漠冷冷的少有表情，兩隻微微上斜的眼睛總像沒睡醒似的半瞇著，事實上他確實睏得常在課堂上打瞌睡或打哈欠，他經常遲到。既沒有一般孩子的活潑，又少言少語的不說話，功課也不見佳，分數多考在全班的最後幾名，而記憶之壞，不是忘記做功課就是忘記帶老師要求帶來的東西，更是使他常常受老師責備的原因。對他印象最壞的是美術老師，「宋守時，你真是虛有其名，最不守時，更沒記性，不是忘筆就是忘紙，大概吃飯睡覺也會忘吧？」老師幾次故意的挖苦。宋守時總是羞恥的垂著頭，兩隻手在他穿著破褲子的腿上搓來搓去。

一天老師鄭重宣佈：下次的美術課將到後山去做水彩寫生，要每個人記得帶小凳子、顏料、畫本，和一小瓶清水，「你們看，春天的景色多可愛，我們要把她畫下來。」瀟灑的老師頗詩意的指向窗外。

那天到了，孩子們背了畫具，腋下夾了小竹凳，跟著老師興沖沖的爬上小山崗，老師指定畫那片五顏六色的野花。大家坐在小凳上，把東西一樣樣的擺在面前，畫簿攤在腿上。我正要動筆，忽然聽到老師不悅的道：「宋守時，別人都開始畫了，你還呆呆的想什麼？是不是又忘了帶顏料？還是忘了把手帶來？」

「我……我……」宋守時像每次一樣嚅嚅的答不出話。我回頭看去，只見他又垂著蠟黃的臉，表情木然。他面前的地上擺著洗筆的水瓶和硯臺，唯不見顏料盒。「又忘了帶顏料，是吧？你已經連忘三次了。」老師不屑的口氣。

宋守時的頭越垂越低，顯然是自知理虧，羞得無地自容，那樣子讓人看著老大不忍。我朝自己面前的兩個顏料盒子掃了一眼，便拿起其中的一盒，趁老師轉身的一刻，擺在宋守時的身邊。「你……你……」他又嚅嚅的。我朝他擺擺手，指指老師，提醒他別出聲。當老師踱到宋守時的身邊，發現他並沒「忘記」帶顏料時，便語塞得再也說不出責備他的話。課後宋守時要把那盒顏料還給我，我說不必，送他留著慢慢用吧！我想：他一盒也沒有，我倒有兩盒；一盒是媽媽給買的，另一盒是全校美術比賽得亞軍的獎品，相比之下我是何等幸運！分一半給因沒錢買顏料而常遭老師責罵的同學，是應該的。

自那次起，宋守時也有水彩顏料了，美術老師對他雖然仍是不喜歡，當眾刮他面皮的情形倒是減了不少。不久之後，班上不再見宋守時的影子，傳說他進了孤兒院，而這時他不幸的身世亦漸漸的爲人所知。原來他的父親在城裏的公家機關做小公務員，只在週末才回到鎮上，母親在一次惡性瘧疾中病死，遺下四個孩子，宋守時是老大，照顧弟妹和管家的責任全在他一人肩上。據說他父親的薪金十分微薄，他們家一整個月只吃一次肉……。

宋守時很快的便被大家忘記了。四十多年來，我不但不曾想起這個人，就是他的名字和模樣也忘得乾淨。現在，站在我眼前的這個人，自稱是宋守時，說我送過他一盒水彩顏料！多麼不可思議的奇妙。

「這是我老件。」宋守時拉過跟在他身邊的女人，她以誠摯的笑容跟我招呼。「我在報上看到你的名字，還不能斷定是不是你，我老件就說：不是個作家嗎？買兩本書來看看就知道是不是了。你看，我們買到好幾本。」他從手上的口袋裏掏出一疊書，抽出其中薄薄的一本，邊翻邊道：「在這本散文集裏我讀到那篇〈童年的江〉，就斷定你確是我那位小學同學。我便決定要找到你，見上一面，請你在這幾本書上簽個名。我們問了好多人，找到作家協會，終於打聽出你令叔的地址——。」

宋守時熱情的說，彷彿這一切都是很順理成章的。我聽得衷心感動之餘不免咄咄稱奇，四十多年前，童年時代的一件小事，他居然懷了感激的心情，牢記不忘，在今天這個處處講利害、利用，人情淡薄到極點的社會上，不能說不是奇蹟。他太太也微笑的在一旁揷嘴道：「守時常常說起你送他水彩顏料的事，說是他整個不幸的童年生活裏唯一溫暖的回憶。他的童年是很苦的。」

我給宋守時的五本書上都簽了名，並寫了幾句話，他送了一枚親手刻的印章給我做紀念。這時擴音器已在呼叫旅客進檢驗關口，我與宋守時夫婦互道珍重而別。

在整個飛行途中，與宋守時的奇遇一直在我腦際縈迴不去。忠厚的人我見過很多，但像宋守時這樣，只因在那麼久遠以前得我餽贈一盒水彩顏料，便四處打聽我的下落，跑了幾百里路專爲當面道聲謝的，還不曾遇到過，這份眞摯善良的人性實在讓我感動。

一九九〇年四月十五日「中華副刊」

雜文三題

算老帳

一個人，如果不能從過去裏走出來，眞是一件悲哀的事。因爲過去的便過去了，再也沒有拉回來的可能，套句俗話說：時光如流水。滔滔流去的水怎麼能回頭呢？若是能回頭的話，人類的歷史就要重寫，無病呻吟自憐自艾的情形也會減少一大半；老先生們不必再提當年勇了，索性還我少年，重新奮鬥出一番事業，展示英雄氣概便了。我們女性更不用說，一定人人要設法找回失去的年華；誰不願做二十來歲的少女，誰願做四五十歲的徐娘？

然而，世事的最悲哀處也就在此，過去的便過去了，任你有天大本領也無法令時光倒流。但換個角度看呢，這未嘗不是天地賜給人們的大幸運，試想，假設凡事都沒個過去，則戰爭將永遠停留於戰爭，仇恨永遠停留於仇恨，愚蠢的人永遠愚蠢，病弱的人永遠病弱，好的永遠好，不好的只好永遠壞下去，絕無改變的可能。那可還成個什麼世界！幸虧時光是動的，生命是往前去的，嬰兒會長成小學生，小學生會長成青年，青年會變成中年、老年。人生的路越走越成熟，越能自經驗中吸取教訓，使我們有機會在昨非今是中不斷的精煉自己，一天天的進入更完臻的境界，促成一個連著一個的「新我」出現。「新我」多少會有些新作爲，最起碼的，譬如說，三十歲的我看出了二十五歲的我，爲人處世有些偏激。我要改。又譬如說：某個人曾在某年做了件令我氣憤難平不能忍受的事，但是，看他今天的作法與當年大有不同，似乎變得厚重謙虛，對往昔的行爲很是後悔，那麼，我不妨試著忘記舊的他，接受新的他。

我總認爲世間無完人，也鮮有絕對合乎自身願望的事，而過去的永無再來一次的可能，歲月的流馳時時在改變著人心和社會，與其鑽「過去」的牛角尖，不如創未來的新篇。因此向來反對算老帳，老帳細算起來可算到盤古開天闢地，算不清的，徒惹煩惱傷人傷己而已。

遺憾的是，我看到今天的許多人總在算老帳。老帳，換個名字叫「記恨」或「成見」也行。對已經過去多時的事竟是那麼不肯放鬆的斤斤計較，對他的「仇人」永遠吝嗇伸出寬諒的、友誼的手，動輒就要老帳新算，數叨、謾罵，或諷刺一番。結果呢？除了「仇」結得更深，收不到一點正面的積極效果。

在這個喧囂多彩、紛爭頻仍，由那麼多的各式各樣的思想、稟性、慾望、好惡、貧富、榮辱，等等等等結成的人際社會中生存，在某些時候，必得懷著點欣賞缺陷美的、寬厚悲憫的心情來觀看這世界，自身肯於做新人，也接納別人做新人。個人對個人，個人對「公家」，「公家」對個人，都應如此。

一個人，或一個社會，總在不斷的成長。在成長的軌跡上，一個行爲、一個現象，都只是迢迢遠路中的一項經驗，並非終極。而人乃萬物之靈，各有其獨立思考的能力，他的想法未見得合於我的想法，他的言語可能令我聆之刺耳，如果我爲此就不容人，那我倒不如先反過來檢討一下自己，難道我想的說的就一定合別人的趣味嗎？別人就該容忍我嗎？有容乃大，寬坦的心胸，諒與恕的悲憫，是促進人與人之間，人與社會之間和諧共處的原動力。得饒人處便饒人，老帳更無須去算，大家樂樂和和的過日子有多好呢！

中國式的無聊

我是很愛我的民族的，不單愛，而且以做中國人爲榮。相信讀過我文章或跟我談過話的人，都會有這個印象。但是，愛歸愛、毛病歸毛病，中國人的某些習性和性格上的缺點，實在不能否認。魯迅以前所說的中國人的「奴性」，我認爲已漸漸消失，但「中國式的無聊」目前發展得正方興未艾，而這種「無聊」，是很令人不喜歡的。

什麼是中國式的無聊？無聊也罷了，何以要冠以「中國式」的帽子？原來，這個名稱是我發明的，因爲我看到某些人的某些行爲相當沒意思，而這類行爲碰巧是中國人表現得特別強烈，西方人卻不屑於那麼做的。「這類行爲」，指的是吹捧和揭人陰私。

中國人向來好搞小圈子，但這也不算民族性中的特點，因爲外國人也搞圈子的，只是不如中國人厲害罷了。不過把自己圈子裏的人胡吹亂捧，有一尺擦一丈，盡其誇大之能事的本領，洋人顯然落後甚多，至於以議論人的私生活，搜編野史，造謠生事來對付異己的手段，更是黃髮碧眼者所望塵莫及的，可列爲中國人的特長，這種特長對社會人心，對人對己，都沒好處，可說十分無聊，所以稱之謂中國式的無聊。

常看報章雜誌的人，只要稍微留意一下，就會隨時發現「中國式的無聊」；如果這個人被認爲是正面的，最主要是屬於自己一堆，或有宣傳利用價值的，你看吧，他或她立刻就成了神明或先知了。他說的話沒有一句不是金科玉律，她做的事沒有一樣不合聖賢之道，他寫的文章空前絕後名震中外，她的歌聲令西方人自嘆不如，在世界第一流的歌劇院表演觀眾大排長龍……天知道，有那回事嗎？實際的情形是把一尺說成一丈，純粹的中國式的無聊。

爲崇拜者或看重的友人吹噓，如果沒有不光明的意圖，就算過火一點，也還是善意的，縱無聊，還不流於無德，但若公開挖人陰私，揭露人的個人生活來報私怨，出人醜，或拿人尋開心，就不僅無聊，也無德了。

在尊重人的隱私權，不過問人的私生活的一點上，西方人表現得有教養、有道德，一般都不會把別人的戀愛、結婚、離婚、夫妻吵架、父子決裂、分家分產等等當成話題來傳佈張揚。不像我們很多同胞那樣，一見面就問人家多少歲數、賺多少錢、那個學校畢業之類的問題。事實上問也不見得得要領，他只一句：「這是我的私事。」就把那包打聽型的人堵得啞口無言。

隱私權在西方社會裏便是如此被尊重著的。主要是他們認爲私生活完全是個人的事，結過幾次婚、離過幾次婚、交過幾個異性朋友、有沒有未婚子女，都是和公眾及公務無關的事，別人沒資格過問。最重要的一點是：他們不認爲嚴謹的私生活是做大事者的必備條件，也不認爲多戀了一兩次愛就人格破產。他們能接受人就是人，凡人都有七情六慾的眞實觀念。

前些時盛傳 孫中山先生在日本的一段私生活，激蕩得漣漪不絕，令得許多人對孫中山先生的人格也懷疑起來，於是孫先生的崇拜者立即仗筆執言，爲之辯護，說絕無此事云云。

我也不懂這是不是就叫歷史考證之類，總覺得有點像吃飽了沒事幹，找點茶餘酒後的材料解解悶，效無知村婦扯長舌似的。其實中山先生也是血肉之軀的人，一般人有的感情和慾望他一樣有。而以他的聲名成就和對民族的貢獻，絕不應因有一段私生活而對人格有所影響。

私生活到底跟一個人的偉大有多少直接關係呢？與中山先生相比，德國的希特勒私生活是嚴謹多了，他生平不二色，唯對他的情婦愛娃布朗鍾情癡情，長相廝守，最後並正式結婚，婚後雙雙從容赴死。整個情節浪漫如詩，差不多有點像二十世紀的羅蜜歐與茱麗葉。可是他是好人嗎？人格高尚稟性仁慈嗎？能由私生活的嚴肅來證明他的政績於人類有利無害嗎？自然是不能。西方文化不如我們，但是西方人在這方面比我們看得清楚透徹，所以他們不以揭人陰私爲樂，或爲武器。這類行徑確是中國式的無聊。

畸形的昇平景象

在海外久住的知識分子，除非是太上忘情太下無情者流，一般總擺不脫心上的那個牢固如鐵、重比泰山的大結。因此心情總不會眞正的輕鬆無憂，總像被斤斤重擔壓著似的不勝負荷。

也許有人要問了：你們這些三毛子，有房、有車、有安定的職業，有什麼「士」的頭銜，生活不成問題，又無戰爭或安全的威脅，所謂的「負荷」從那兒來？

我則要說：房子、車子、銀子、妻子（或外子），不會給人「五子」或幾子登科的暈眩感，遠離是非之地，也不會使我們眞正的產生事不關己，反正槍砲子彈打不著，樂得躲在安定的一角，遠遠的隔岸觀火的逍逸心情。說穿了似乎讓人難以相信，也似乎有造作的嫌疑，但那確是事實；坦白的說，我們有憂有慮，不單有憂有慮，那憂慮還來自你。

也許有人又要問了：我們活得好好的，豐衣足食，過中國人幾千年來最美好的生活，幸福快樂，無憂無愁，你在老遠的乾著那門子急？不是多此一舉嗎？

我又要說了：但願我的憂慮眞的只是「多此一舉」，然而，事實令人氣短，我所看到的臺灣社會，一方面是風氣敗壞、犯罪猖獗、是非不明，另方面是淫樂畸靡，物慾沸騰，酒色財氣。這樣一幅華而不實、自私自利、缺乏高遠理想，有今天沒明天的社會景象，怎不令人擔心？

海外華裔知識分子聚在一起最愛談的題材就是國事；大陸、臺灣，所謂的海峽兩岸，我們的民族到底該往那裏去？炎黃子孫在未來的世界上將扮演什麼角色呢？我們的國家會強盛吧？各有各的看法，各有各的喜惡，常常辯論得口乾舌燥面紅耳赤，把剛從臺灣那美麗寶島出來的人嚇上一大跳。「好奇怪，你們在海外的人怎麼這樣愛談國家大事？我們很少談這個題目的。」曾不止一次有人這樣說。

這就不知是否杞人憂天還是當局者迷了，總之，在我們海外的人看來，臺灣社會的隱憂仍是很多的。順手舉個例子：在口口聲聲經濟起飛的今天，鈔票掛帥乃自然的趨勢，「商女」不知亡國恨也就罷了，可是別的人，譬如滿腹經綸的文化人等等，怎麼也不知「亡國恨」一起來了呢？近來臺灣出的一些影片，可媲美色情小電影，出的一些「文藝」作品，可亂眞於西方的黃色口袋書，坊間流行的「流行歌曲」，唱得人骨頭也要酥軟了，加上舞廳、歌廳，和一擲千金的賭、吃、喝，眞是好一個燈紅酒綠歌舞昇平的花花世界！

我愛臺灣，希望臺灣好不希望臺灣壞，就如同希望一個所愛的人要上進不要墮落一樣，因此對臺灣社會上的一些情形，著實有些著急。在我看來，臺灣的昇平景象跟她的實際處境很不相配，近六年來我回了三次國，每次都有這樣的感覺，而且一次比一次更甚。總覺得臺灣的社會人心正在往畸形的路上走，價值觀和道德標準被扭曲得走了樣，是非善惡失去了原則，長此繼續下去，臺灣會變成一個什麼樣的臺灣呢？已經到了該深思、檢討、「煞車」的關頭了，但願我只是杞人憂天！

一九九〇年二月二十三日「中華副刊」

被美迷住

——讀呂大明《來我家喝杯茶》

我愛喝茶。最愛在新焙的龍井裏，加上幾朵風乾的白菊，沖出的茶液泛著淺淺的青綠色，散著撲鼻的幽香，很是引人食慾。慢慢的一邊品啜，一邊翻讀一本好書，那種沁爽恬澹的舒適，直讓我產生錯覺，依稀自己變成了遠離塵囂的隱士，是多麼的與世無爭，不沾俗緣，心安如水。

呂大明寄來她的新書，名字別緻，叫《來我家喝杯茶》。於是，我挑了個晴朗的午後，卻把陽光和好花攔在窗外，只留一杯龍井爲伴，靜靜的飲著大明寄來的那杯茶。

一向愛讀大明的散文。她的散文有時下越來越式微的唯美淸純，和濃厚的書卷氣，頗具性格。爲文之間，旁擊側敲，引經據典，隨時流露出她在文學方面深厚的修養，帶給讀者一些新知識。而她講求文字的精緻，用詞雋美，思路深遠，絕不油腔滑調。婉約含蓄的意境裏有嗅得出的哲理氣味，使人讀之如飲甘泉，如聽仙樂，會情不自禁的沉醉其中，愛不釋手。《來我家喝杯茶》內包括〈人生四重奏〉、〈思維的葉片〉、〈絕美三帖〉、〈塵世的火燭〉、〈散步，在美的領域中〉等十七篇散文，因我不是文評家，也無意寫書評，故不逐句逐字的分析，但只憑一向的囫圇吞棗式的閱讀習慣，已能深深的領會到那種意猶未盡的，嚼橄欖般的甘醇。

我常說，在歐洲久住的作家，筆下出的作品總有些「歐洲風」。什麼是歐洲風？從呂大明的散文便可窺出幾許端倪。那是一種由中國文化裏儒家思想，和歐洲傳統的基督教文明，交互相融後產生的一種新品質。特徵是溫柔敦厚，有容乃大，對世界對眾生，都採原諒與寬容的態度，即或對自己所不同意的人和事，也不疾言厲色，總是那麼從容不迫，心平氣和，用眞誠婉約的詞藻，唱出那些源自心底的音符。

《來我家喝杯茶》，典雅卻不掩蓋浪漫的諧趣，像似深山裏一朵向風的野菊，不管塵世的空氣多麼汚濁，仍自由自在的吐露芬芳，讓花香四溢，人間有美。

大明的散文清靈纖巧，但並非狹窄的「閨秀派」的那種強說愁的格局。她喜歡探討人生，行文流水間，處處流露出對生命、對自然，尤其是對美的熱愛。在她的描繪解析中，一草一木、古調今音、好書妙文，無一不美。使人讀著讀著便渾然忘我，心中雲淸月明，雜念全消。

當我讀完《來我家喝杯茶》時，訕然發現那杯新沏的龍井已冷，夕陽也在下沉。原來我被美迷住，只顧喝大明請的那杯色香味俱全的茶，忘了一向喜愛的龍井加白菊花。

一九九一年十月二十八日「新生副刊」

訪古話蘇州

上有天堂，下有蘇杭，是我童年時就耳熟能詳的諺語。蘇、杭，到底是個什麼樣子？果眞美得如人間天堂？這個悶鼓在我心裏打了許多年，直到一九八六年歸國，才揭開美人頭上的面紗，見到了蘇杭眞面目。而蘇杭兩地，我尤渴望一遊的是蘇州。

我想遊蘇州，除了要見識美景之外，另個非常重要的目的，是要拜訪我小說《賽金花》內女主角的故鄉，要尋找她成長的足跡，認識她出生地的風貌，更要在雲樹山水間，捕捉些許古老歲月留下的韻致和丰采。

陪伴前往的作協朋友，早就給找了位最好的「導遊」，蘇州著名的詩人朱紅。朱先生在蘇州土生土長，蘇州的歷史、人物、名勝、景觀，與之相關的來龍去脈，一本帳結結實實的記在腦子裏，無所不知，有問必答，我的蘇州三日遊也因此收穫充盈，內容豐富。

有人把蘇州比成東方的威尼斯，認爲都是水都，橋多、河川多，也都有她旖旎浪漫的一面。眞正的威尼斯我去過，雖然確如蘇州一樣，是個河道縱橫的古城，也有古老的建築和傲人的歷史，唯卻缺少蘇州的挺秀和文化馥郁。

在蘇州城裏漫步，三步一河五步一水，大大小小的橋就有三百幾十座，一些民居依水而建，灰色的磚瓦、木質的石庫門，質樸古雅，有它的獨特風格。看過那麼多的河道，相比之下，最能襯托出蘇州的滄桑和風華的，我以爲還是那環城流過、泅湧開闊、盪漾著濃綠水波的大運河。

擁有兩千五百年歷史的蘇州，不單是滿城飛花的多姿城市，也是個出人才的地方，才子和美女似乎是她的特產，提起書畫雙絕的文徵明和風流倜儻的唐伯虎，誰人不知？清朝從順治三年到同治戊戌（一六四六—一八六八），兩百二十年間，連同恩科在內，共出過九十八位狀元，而一個蘇州就佔了其中的十六位。怎能不讚聲地靈人傑？

蘇州美女之中最著名的，遠的自是蘇小小，近的當推清末名妓賽金花。其實自古以來，蘇州這地方，才子佳人間悱惻纏綿的故事就說不盡、道不完。這些哀婉的傳聞愈使湖山增色，平添幾許淒美氣氛，但也更讓人看出歲月滔滔，人生有限，那些被傳頌著的愛與恨，已隨著大運河的緩緩長流遠去，留下的只是那麼一點淡淡的輕愁，和遊人憾憾的嘆息。

去蘇州時正值春光四月，是江南的錦繡季節，大地已現出一片悠悠生意，山間水涯，盡是興盛勃發的楊柳樹，細細的枝條，碧綠的新葉，鮮活得好像要滴出翡翠汁，看得人的心也跟著躍動起來。蘇州園林之美甲天下，拙政園、留園、怡園、耦園、東園、滄浪亭、獅子林，無處不是小橋流水、假山奇石，滿園漫漫春色。其中以拙政園的景觀最美，有江南水鄉的柔媚秀婉，據說建於明朝，內有文徵明的書聯曰：「蟬噪山愈靜，鳥鳴山更幽」，可謂形容得恰到好處。

建築物最精美的，當推留園。留園亦建於明朝，特色是建築結構嚴謹，布局玄妙，功力細巧，亭臺樓閣，各有各的獨特面貌。裏面的家具和裝飾布置也獨具匠心，遨遊其間，讓人時時產生一步一景、柳暗花明的驚喜之感。

「月落烏啼霜滿天，江楓漁火對愁眠，姑蘇城外寒山寺，夜半鐘聲到客船」，唐朝詩人張繼的這首七言絕句〈楓橋夜泊〉，發揮了文學作品的擴散功能，予楓橋的出塵夜色以永恆生命，使寒山寺的大名無人不知，凡到蘇州的都要親身體會一番。我自不會例外，寒山寺之行早在行程之中。

寒山寺像我國所有的古刹大廟一樣，規模恢宏，建築古雅，位於姑蘇城外楓橋鎮上，提起歷史，可稱久遠，在梁代天監年間就建造了，相傳唐代高僧寒山和拾得曾居於此，故而得名。我們去的那天，既非週末也非節日，但只見廟園裏擠滿了遊客、和帶著香燭來參拜的善男信女。而站在寺中的最高處，藏經樓外極目眺望，整個蘇州城朦朦朧朧的盡在眼底，那種高遠開闊之美，令人心神震撼。

山在蘇州也能叫出一堆名字，靈岩山、太平山、鄧尉山，其中最著名的，不消說，一定是有吳中第一名勝美譽的虎丘山。

虎丘山四面環水，蒼松翠柏，竹梅成林，氣勢雄偉，爲春秋時代吳王夫差的行宮，距今已兩千四百餘年，有著豐富的歷史內涵，攀峰而上，腳步和目光所及，分分寸寸都是有來歷的古蹟名勝：斷梁殿、試劍石、劍池、雲岩寺塔、擁翠山莊、孫武子亭、憨憨泉、冷香園、千人石……如果你們是愛聽歷史的，只一個虎丘就一整天也聽不完。

塔，是蘇州的特色之一，雙塔、北寺塔、白塔、瑞光塔，都在市區範圍內。那天到觀前街閒逛，一舉頭只見兩個尖削精緻的白色塔頂翹在空中，陪伴的朱先生告訴我，其一叫舍利塔，另個叫功德舍利塔，建於宋朝雍熙年間，號稱「雙塔」，是蘇州勝景之一。

到蘇州去遊歷的人，相信沒有不到觀前街去逛逛的。

觀前街因坐落在玄妙觀前而得名。這條街，可說是蘇州城最古老的商業中心，繁華樞紐，所有的老字號商家都在這條街上，不但未被歲月的摧殘而凋零，反倒因歷史的烘托愈發興盛，漫步街頭，行人如織，一些建築物，譬如具三百年歷史的餐館松鶴樓，畫樑雕欄、朱漆金字，仍保持著原始招牌。我在那兒吃了一頓有松鼠桂魚、和櫻桃肉的標準蘇州飯，大發思古之幽情。

觀前街上那些擁有數百年歷史的老招牌，不乏赫赫有名者，像賣糖果零食的采芝齋、稻香村。做點心的黃天源糕團店，賣滷味的陸稿薦熟肉店，和得月樓菜館、功德林素菜館等等，提起來誰人不知那個不曉？所以說，到蘇州不必刻意的去找歷史，她的歷史簡直在隨著空氣擴散，無所不在。就連一些路名也帶著濃厚的歷史氣氛，什麼太監弄、滾綉坊、閶胥路、干將路、富郎中巷，可謂舉不勝舉。說蘇州是個有文化有歷史的古蹟，她足以擔當。

我嗜愛旅遊，也走過國內外許多大城小鎮，其中蘇州是我特別愛的一個。雖然到蘇州時季節尚早，那些美麗的花，茉莉、白蘭、女貞，尤其是蘇州最著名的桂花——他們叫金桂，還沒開放，但好景如麗質天生的美人，不需妝扮，已夠動人，那一城柔媚的綠、涓涓潺潺的流水、古樸典麗的房舍、河面上的漁舟遊舫、感人肺腑的歷史香，已使我深覺不虛此行，何況我小說中的男女主人翁，洪狀元和賽金花昔日生活遺下的萍踪夢痕，已在我的思維中串成了一條閃亮的珠鍊，完整而明亮，足夠發揮。如今我的小說早已出版，暢銷之餘並拍攝成電視連續劇，這一切，要謝謝蘇州城給我的啟示和靈感。

回想起來，蘇州的可看而未能一看之處仍多，具有那樣深厚歷史內涵的文化古城，只停三天確嫌太短。我已給自己許下願，將再到蘇州一遊，仔細品嘗她歷史的芬芳。

一九九二年八月二十五日《臺灣日報》

附錄

趙淑俠的文學理想

沈謙

「故鄉的泥土還是好的、美的、有生命的。它讓我看到希望，看到宇宙萬物競生的潛力，追求存在的本能。植物、動物，以至最有情有靈的人，終極的歸宿固然是同樣的歸於消逝，但逍遙在生的道路上的短短時空，都會用他們所有的力、所有的熱，放射出最美的異采，顯現他生命的極致。原本荒涼的世界，便在這無盡的層層異采，點點極致中，繁茂華麗了。」

兩年多以前，在聯副讀到趙淑俠的〈故鄉的泥土〉，情不自禁地觸發了內心深處的某一根絃。我的朋友王孝廉說得好：讀者絕不會記得某一位作家發表了多少篇作品，卻永遠忘不了他最動人的傑作。這正是最佳的印證。

第一次見到趙淑俠的名字，是在《中央日報》副刊讀她的長篇小說《我們的歌》，在留學生文藝之中，這支海外遊子的飄泊之歌，的確令人耳目一新。

第一次見到趙淑俠的面，是一九八五年二月，在胡有瑞邀約的晚宴上意外地撞見。久所心儀的人物赫然在座，當然感覺精神振奮，當下就約定翌日作一次採訪，對於探索作家心靈的異采，豈能輕易放過美好的機緣？

對民族的愛超過一切

趙淑俠自承是個民族主義者，也是個自由主義者。她寫作的動機，只有一個「愛」字——對國家民族的愛超過一切！

趙淑俠，原籍黑龍江，民國二十年出生於北平。畢業於臺中女中，曾任職正聲廣播公司與臺灣銀行。民國四十九年赴歐，畢業於瑞士應用美術學院。她爲什麼要拿起筆來寫作呢？

「在我的內心深處，始終有一種感覺：中國像是一個母親，無論我們長得多大，離得多遠，無論我們的處境順逆，快樂或悲傷，我們都一直懷念與依戀著母親。因此，我常常有一股衝動，想要表達海外遊子的那份感受。

「我開始寫小說，動機十分單純，只是感覺心裏有話要說，不吐不快。等到將自己的感情表達出來後，就會覺得舒坦愉快。當然，我也希望讀者能分享我作品中的快樂與憂傷。沒想到會在國內外引起廣大的共鳴。更令我欣喜，因爲，我的感覺是大家的感覺，我並不孤單。」

就這樣，趙淑俠寫了短篇小說集《西窗一夜雨》、《當我們年輕時》；長篇小說《我們的歌》、《落第》、《春江》；已出版散文集《紫楓園隨筆》、《異鄉情懷》、《海內存知己》、《故土與家園》、《翡翠色的夢》、《趙淑俠自選集》等。今天起在「臺副」連載的長篇小說《賽納河畔》，則是最新完成的力作。

就這樣，趙淑俠透過筆尖，傳達了她海外遊子的心聲，與各地的中國人心靈相通，精神長相左右。她不急功好利，不譁衆取寵，不趕時髦，不弄花俏，只是「爲情而造文」，眞誠而深刻地寫出內心深處的感受，想爲這個苦難時代身在海外的中國人留下若干紀錄。

趙淑俠筆下的主要題材是海外遊子的飄泊之歌。過去有些人誤會，留學生文學所表達的問題，就是爲房子、車子、婚姻等苦惱。其實，在海外的中國人，最大的苦惱，不是個人的事業、生活，而是民族的命運與前途。趙淑俠在瑞士二十五年，是瑞士公民，當然關心瑞士，可是她更關懷中國：「我一直覺得，沒有一個中國人在海外待久了就全變成外國人。中國人在外國，無論得意也罷，失意也罷，在外國人的眼中，在自己心目中，永遠都不能不承認：我還是一個中國人。」

自由創作，真誠而不空洞

趙淑俠的寫作態度，第一要件是創作要絕對自由。她特別強調，作家不可脫離社會，不可只爲個人的靈感而寫作。作家縱然要百分之百的創作自由，但更需要有良心，胸懷廣大的同情，白紙黑字對讀者的影響難以估量，作家一定要有寫作的道德與良知，態度眞誠，因此，她從來不在象牙塔裏憑空塑造人、事、物，她堅信：凡是虛構的，就不能動人。談到她的成名作《我們的歌》，實在是多年來耳聞目見海外華人的遭遇、心境，積鬱多年，不能不暢所欲言：

「許多中國人在海外儘管混得不錯，生活在安定、進步的社會裏，仍然難免『這一切都不是眞正屬於自己』的痛苦。我自己就經常存著無根的心理掙扎，寫出若干海外華人的失落感——自卑，沒有目標，前途的茫然……。想藉機提醒我們的同胞，要有自信，不要自卑，也不要只羨慕別人的成就，喪失民族自信心是最可悲哀的事。也希望國內的同胞，不要誤以爲歐美什麼都好。一味盲目崇洋，不但被人輕視，更加可恥，我們自己值得珍惜，也受外國人看重的，就是優美的傳統與燦爛的文化。」

趙淑俠強調文學的眞、善、美：

㈠所謂「眞」，就是不矯揉造作，不故意借題發揮，也不小題大作，而是以誠懇公正的態度去創作。

㈡所謂「善」，就是指有良知的作者，必然常懷悲憫之心，對社會大眾充滿關懷與同情，作品充滿關愛與善意，能激勵人努力向上。

㈢所謂「美」，就是能引導讀者尋找人生的啟示與人性的純美，拓展胸襟，將自己的生活境界提昇到更美好的地步。

她特別申言，文藝作品並非作者的私產，而是公諸社會投諸歷史的公器，因此，寫作的目標不只是結構嚴謹、情節生動與文辭美麗，不能與現實脫節，作品理應具備充實的內容和反映生活的特質，尤其是處於這樣一個大時代裏，中國人所受的苦難是如此之深，作家更沒有資格歌舞昇平，也沒有心情去描寫「空虛」！

去年一月，當趙淑俠應邀在蘇黎世大學中文系演講「中國當代文學的新型式」時，曾經指出：

「所謂『新型式』，乃指描寫炎黃子孫離鄉背井浪跡天涯，在異域奮鬥的際遇和感受，並足以道出隱藏於靈魂深處之心聲者。換言之，即在探討：爲什麼這一代寄居海外的中國人

（尤其是知識分子）普遍會產生有家不願歸去而寧可『自我流放』在外的感受，並在徬徨與自譴交織成無奈的夾縫中忍受苦悶與孤寂的煎熬？」

也許，這正是趙淑俠寫作的自剖！

趙淑俠，當年投考中文系兩度落榜，如今，她的作品卻被選爲中文系的教材。她的作品固然可愛動人，其實她的人更加可愛動人，她的名字更耐人尋味，從「趙」字，想起「燕趙多慷慨悲歌之士」，從「淑」、「俠」聽想到兼具淑女的氣質與英豪的俠骨。誠如她自己所言，文學作品不是作家的私產，而是社會的公器。從趙淑俠眞摯深刻動人的作品中，以及她英風俠氣的風采中，我們有理由也有信心「拍發幸福的預報」，她將會爲二十世紀的中國文壇增添新的財富。

一九八五年六月十一日《臺灣日報》

海灣戰後的惠風

——「歐洲華文作家協會」成立感懷

范曾

也許，這是海灣戰後，世界上跨越最多國界的一次中國文人的聚合，他們決心營造「靈魂的家園」，他們不是九秋的飄蓬，也沒有辭根的哀嘆，他們懷著對全人類的愛心，走向巴黎。這時，海灣之側正滿目瘡痍，一片廢墟，飄泊七個月的科威特沙德親王歸來親吻的是故園的焦土。

戰爭，是亙古以還人類永遠不醒的一場接一場的惡夢。鼓勵這些戰爭的，無非是霸主的大業、英雄的勳績、狹隘的民族主義、荒誕的理想主義、宗教的瘋狂、信仰的癡迷。當人們戰爭的手法不再是以我之矛攻子之盾或以子之矛攻我之盾的時候；當用愛國者對付飛毛腿的時代到來之後，我們就面臨了大夢當醒的時候了。未來的世界性的大戰，正義和非正義已無關宏旨，因爲用足以消滅人類的武器來捍衛人類的尊嚴，本身是邏輯的混亂。記得愛因斯坦有言：「第三次世界大戰的後果，我不敢逆料，然而我可斷言，第四次世界大戰，人類將用石斧對打。」這眞是震聾、發瞶的警世洪鐘，他爲我們勾畫出一幅人類塗炭、文明湮滅的慘景。古代戰爭，對今天而言不過是遊戲，而遊戲一旦當眞起來，地球就不大好玩了。

人類歷史上出現過多少大智大慧的先知先覺，他們早就弘揚過克制私慾、捨己爲人、心靈淨化的教義，然而歷史不斷地對基督、佛祖、孔子嘲弄，弱者依附他們而強者利用他們，科學的進步與心靈的沉淪又並行不悖，這種惡性的發展，使地球這一葉在銀河裏載浮載沉的淡藍色扁舟，面臨著滅頂之災。

全人類需要靈魂再造的偉大工程。宗教的原始教義固然重要，但那太遙遠、太深奧，嗷嗷待哺的人類，更需要的是用樸素的、純潔的愛心撫慰乾渴的靈魂。文學是通向人類心靈的終南捷徑。文學不是說教，然而他在潛移默化之中改造著你；文學不是信仰，然而他卻比宗教更使人篤信不疑。中國是一個重文的國家，以爲那是千秋大業，不朽盛事，儒家更提倡文以載道。倘若將先賢的抱負衍繹，當我們把「道」作爲人類靈魂工程來看，那麼，作家在新的世紀就肩負著這歷史的重載。

波斯灣戰爭的風雲乍起的時候，我曾畫過一幅畫：「和平祈禱」，然而祈禱並不能平熄戰火，只有用沙漠風暴還給科威特以公道。時隔四十天，當初不可一世的胡辛，授首稱降，舉世歡慶。然而，殊不知人類爲此曾在地獄之門躑躅徘徊，可危可懼。戰爭敗績，固然恥辱；勝了又如何？君不見羅浮宮內的勝利女神已經殘缺，垂天之翅將美奐的軀體浮向長空，她失去的是一顆智慧的頭顱。

在這驚魂甫定的時候，一陣和暢的惠風吹皺一池春水，歐洲華文作家協會成立大會於三月十六日在巴黎華僑文教中心開幕。據詩人瘂弦、梅新告訴我，會長趙淑俠女士年輕時，玉貌絳唇，爲一校之花；而今蕙心紈質，任作協之魁。我聽到她一篇清如山泉、皎如皓月的開幕詞，她談到歐洲華文作協成立過程的艱辛和對作協會員的期許，她號召大家不負靈魂工程師的稱號，爲東西文化構架精神的橋樑。梅新先生談到象徵派先驅蘭波對近代中國詩壇的影響，瘂弦先生則縱論二十世紀以來中國文藝史上的巨擘大師老舍、許地山、李金髮、徐志摩、徐悲鴻、林風眠、張道藩都曾遊學西歐，而他們的卓越貢獻已載入中國的史册。梅新、瘂弦二君以大報副刊主編，願意在藝文薪傳上爲人作嫁，杜工部云：「新松恨不高千尺」，在扶掖新秀上，敢讓前修？

來自英國的眭澔平是大會主持人，他和我緣分不淺，記得去年他帶著攝影師在我北京的畫室採訪時，我曾送他一幅達摩的頭像，題的是南普陀寺廟宇的楹聯句：「四大皆空，除卻般若門牆，更無坐處；六根清淨，倘論魁梧骨相，猶是皮觀。」畫中達摩有一雙參悟人生、廣大慈悲的眼睛，我想在英倫的黌舍，在眭澔平簡樸的書齋，此畫一定懸掛在壁，天藏巨眼，對善良、多情的眭澔平，彼蒼者天寄予了深愛和厚望。由他掌握的會議，眞是一篇起伏有致的天成文章。會上，他竟請我講話，我激動之中不知所云，大概說近世西學東漸，今天毋忘紫氣東來，華文作協應成爲東西文化津梁，似此積以年月，必當功德無量之類的泛泛賀辭，不過，從激動的心靈中湧出的話，總是眞實不虛的。

入夜，巴黎華燈如畫，在華文作協的歡宴上，勝友如雲，他們來自義大利、倫敦、比利時、奧地利、德國、荷蘭、盧森堡，文壇羣星，爍爍其輝，我當時浮想著，這是何等祥和景昇的氣象，我想：當人類用友愛代替了仇殺，用今天的柔情摯意化解昔日的宿怨積憤，當每一個作家都能用博大悲懷俯仰天地的時候，一切遠方親情的懷戀、天涯羈旅的愁思；一切遺址勝蹟的詠嘆、海外風情的描述，無論是純淨的、壯美的、悲涼的，還是苦澀的、熱烈的、冷峻的；將是荒誕的、推理的、寫實的、浪漫的，還是現代的、未來的，都是美好的，都能用眞誠的愛心塡補人生的空虛。

宴上，我們聽到國手吳素華女士的二胡獨奏和王立生先生的笛子獨奏，中國古代的哀而不怨的詩教，不僅對詩歌，對音樂、繪畫、雕刻都有著深刻的影響，蘊藉含蓄、深藏內斂使藝術包容虛大，那種纏綿悱惻，那種激越震盪，那種憂思難忘，使舉座四顧蒼茫、停觥息節。我看到座旁的趙淑俠女士正幾番唏嘘，幾番讚嘆，她寂然凝慮，悄焉動容，不勝感慨地說：「你聽，一個沒有深沉悲哀、沒有偉大歷史和燦爛文明的民族，不會有這樣的音樂。」

在五音繁會之中，我默禱歐洲華文作家協會：「既滋蘭之九畹兮，又樹蕙之百畝。」永播東方文明的芳馨。

一九九一年四月三日《中央日報》

勇闖異國文壇的大門

——趙淑俠暢談歐華文學

潘夢圓

正值立冬，北國已是雪花紛飛，寒風凜冽，南方的香江依然姹紫嫣紅，金風送爽。這是一年中最可愛的季節，在這景色怡人的天氣中，香湖作家聯會迎來了遠道而來的朋友——歐洲華文作家協會會長趙淑俠女士。

趙女士最近回國參觀訪問，途經香港，香港作聯於一九九二年十一月七日下午假座北角敦煌酒樓與趙女士舉行文學座談，促進友誼及文學交流。參加座談的有作聯副會長劉以鬯、黃維樑；理事夏婕、周蜜蜜、潘耀明、羅琅、紅葉、犂青、曹宏威、張詩劍；會員黃文湘、黃珮玉、藍海文、金東方、夏易、林祥鎬、金虹等二十餘人。

趙女士由金東方和作聯秘書陪同來到會場。她身材修長，皮膚白皙，儀態安詳，落落大方。當年飽受過八年抗戰流亡之苦的小學生，粗略計算現在的年歲應過五十開外了，但她的外貌比實際年齡還要年輕。她一到達，就與在場的作家無拘無束地廣泛交談。她那熱情、爽朗的性格，溫文爾雅的談吐，一下子吸引住了在場的朋友們。

座談會由作聯副會長劉以鬯主持。他簡明扼要地介紹這位在西方知名度很高的女作家的情況：「趙女士是黑龍江人，在北京（當時叫北平）出生。八年抗戰隨父各地流亡，後來暫時定居在四川重慶沙坪壩，在那裏度過她的童年。沙坪壩是個小鎭，鎭上有很多書店。我在重慶時，也常常到沙坪壩的書店看書。趙女士是在那個環境長大的，那個環境對她後來成了著名的作家起了一定的作用。隨後趙女士在重慶、瀋陽、南京讀中學，一九四九年跟家人到了臺灣，高三開始寫散文投稿，也寫小說。一九六〇年到瑞士留學，專修美術設計，畢業後定居瑞士。她的著作很多，計有《西窗一夜雨》、《當我們年輕時》、《我們的歌》、《落第》、《春江》、《塞納河畔》、《紫楓園隨筆》等，也有些作品被譯成德文，其中長篇小說《我們的歌》榮獲一九八二年臺灣中國文化協會小說創作金牌獎。趙女士現在是歐洲華文作家協會會長。現在我們請她談談歐洲華文文學、歐洲華文作家協會的狀況。」

在一片熱烈的掌聲中，趙女士滿懷感情地說：「各位朋友！這是我第一次來香港。過去曾過境四次，但一次也沒有出飛機場，原因是我在香港沒有朋友。下次再來香港，一定要出飛機場，因爲這次認識了香港作聯的許多朋友。剛回大陸，到武漢參加當代文學研討會，遊三峽，到成都、重慶、廣州、汕頭，昨晚才到香港。我覺得不應空手來香港，總得帶點東西來，寫文章的人是沒有甚麼禮物的，秀才人情就是書，但我帶的書在武漢被朋友拿光了，我藏起兩本長篇小說《賽金花》，我想送給年紀最大的劉以鬯先生及曾敏之先生，大家沒意見吧！送給他們也等於送給大家了。說實在不成敬意，這份人情也太薄了。」

這寥寥幾句充滿著深情厚意，頓時活躍了會場氣氛。接著趙女士轉入正題侃侃而談：「三十多年前，歐洲根本沒有華文文學，這個名詞，對於歐洲來說相當陌生。一九四九年後，海峽兩岸隔絕往來。中國的著名作家都留在大陸，臺灣本地文學發展要求有更多的作家，於是出現了以洛夫、瘂弦、司馬中原、朱西寧等爲主的軍旅文學，受當時政治形勢影響，這類文學稱爲反共文學，也就是後來的懷鄉文學。接著又出現了白先勇、陳若曦爲主的現代派文學。還有一支流，是以於梨華、吉錚等爲主的留學生文藝。當時留學生文藝的作者及作品中的人物、背景都來自美國。因爲那時臺灣與美國關係密切，臺灣的留學生多去美國留學，所以留學生文藝全沒有歐洲的影子，那時的歐洲堪稱爲華文文學的沙漠。六〇年代歐洲華文文學作家，我唯一能舉出名字的只有旅居比利時的王鎮國。他精通英文、法文，著有《歐旅隨筆》，做了許多文學交流的工作。西德留學生辦了一份《西德僑報》，水準不俗，但這些學生以讀書爲主，寫作爲副業，在無經費、無訂戶、無收入、只靠捐款還要倒貼郵費的情況下，居然維持七、八年，倒培養了不少歐洲的華文文學作者，有幾個成爲現在歐華作協的會員。除了王鎭國，第二個在歐洲從事創作的中國人，就是我本人了。我在六〇年代，寫得不多，斷斷續續地寫，一年只寫上三、四篇遊記散文。從一九七二年起開始認眞而有系統地寫作，一直寫到現在，正好到十一月爲止，我總共出版了二十本書。

「歐華作協現有六十六位會員，來自歐洲十二個國家。作協人才不少，如法國的呂大明和林湄，散文寫得很好，鄭寶娟寫小說，林盛彬寫詩，余心樂專寫偵探小說。以上幾個作家專修文學，受過嚴格訓練，勤於寫作，也搞翻譯，潛力無窮，他們是未來歐洲華文文學的中堅作家。會員入會，我們並不規定要有一本或兩本著作才能批准入會，我們只要求熱心華文文學，有抱負、有潛力，要求入會，就可以了。在成立歐華作協以前，大家各寫各的，默默耕耘，彼此住得分散，互不相識。我初時發起組織歐華作協，十分困難，不知哪國國家有華文文學的作者，於是像大海撈針似的撈了一年，這個屬於歐洲寫作人的會，終於在一九九一年三月中旬成立了。這是歐洲有史以來的第一個全歐性質的文學團體。我們都爲此感到驕傲和高興，覺得有了自己的家。我們可以一步一步的去爲華文文學做點事情，這些事我們不去做，歐洲人是不會爲我們做的。我們的目標已達成共識，除了促進中歐文化交流，和寫作同仁間以文會友，談文聯誼之餘，特別強調提携後進，培植新人，以避免華文文學的作者，出現斷層現象。

「歐華作協成立一年多，做了幾件值得安慰的事：舉辦幾次文學講座；邀請瑞士作家訪問臺灣；夏天與巴黎僑界舉辦『文藝營』，把海外華人第二代，從七至二十歲的青少年組織起來，給他們講授中國文學，結果他們很感興趣，以後將繼續辦下去。如想讓華文文學在歐洲紮根，必得在新生代中培植作家，華文文學在海外才會有前途。我們知道我們要想做的事情很多，擺在我們面前的困難重重，但我們總得做，因爲客觀條件對我們比較有利。譬如，我們有七十萬華人，歐洲各國許多大學都開設有漢學系，學生不少，幾個國家的中學把中文作爲選修課，法國就有五十六所中學設有中文課程，這對華文文學的發展很重要。對於未來，我抱樂觀態度。我相信，幾十年以後，歐洲會有一批黃頭髮、藍眼睛的華文文學讀者，更希望有一批黃頭髮、藍眼睛的華文文學作者，一代一代傳下去，那麼華文文學會成爲歐洲少數民族的文學之一。」

趙女士生動而有條理的介紹，使大家對歐華文學有了初步的了解，尤其欽佩她以非常人可比的毅力與才華，率領一支華文文學的生力軍，闖開異國文壇的大門。黃文湘、犁青、潘耀明、黃維樑、黃珮玉紛紛發言，對趙女士弘揚中國文化，促進歐華文學的發展給予高度的評價。

座談會及宴會結束後，周蜜蜜、金東方和潘夢圓在清爽和風中，送趙女士回到她下榻的九龍酒店。的士穿越香港隧道，直往尖東駛去。黑漆的夜色中，一幢幢被五光十色的燈飾勾勒出的大廈輪廓，一塊塊光輝奪目的霓虹燈招牌，彷如火樹銀花，一派豪華的氣勢，令到周遊過列國的趙女士也讚不絕口：「香港的夜色眞美！我以後還會來香港，下次來香港，一定出飛機場，拜訪作聯的朋友們！」

一九九三年一月十五日《香港作家》

豪爽、健談、平易近人

——趙淑俠成立寫作協會、促進文化交流

周愚

早在兩、三個月前，當我得知「海外華文女作家聯誼會第二屆年會」選定在洛杉磯的西來寺舉行，又從報名單上看到前來參加會議的女作家中包括了我仰慕已久的趙淑俠時，我立刻向主辦這次會議的文友吳玲瑤、蓬丹等人提出要求，由我親自駕車到機場去迎接她，並獲得吳玲瑤和蓬丹的應允。

我要去接趙淑俠的目的，一是對她熱心推動海外華文文學表示敬意，另一是急於要一睹她的風采。

在經過了一段漫長的等待後，我終於在十月十一日下午，在洛杉磯國際機場接到了她。趙淑俠豪爽、健談、平易近人。在會議期間，她除了送給我一本她的著作《賽納河畔》外，還抽空與我單獨作了將近一個小時的長談，暢談她的寫作經歷，在歐洲的生活情形，成

立歐洲華文作家協會的動機與經過，以及一些感想等等。

去國十九年，回國嚇一跳

她首先說她雖喜好文學，可是學的卻是美術設計。她是在歐洲結婚的，先生是在瑞士的科學家，所以她的學位也是在瑞士完成的，她並考取執照，工作了許多年。工作多爲設計封面、揷圖，及紡織品衣料廣告爲主。她勝任工作，待遇也好，但是她覺得要把她喜愛的寫作放棄，還是很不甘心，於是她向當時的一家旅行雜誌《自由談》投稿，寫的都是遊記。

直到一九七九年，也就是她出國後的第十九年，她才第一次回臺灣，那次回去，使她受到了極大的震撼。因爲她看到的臺灣一切都變了，她找不到一點舊的痕跡，找不到原來的自己，她因此有太多的失落感與傷感。她不明白爲什麼要把一切都拋棄，人生只有一次，如此是否值得。由於感觸太多，使她又想到寫作。她說她寫作並非想當作家，只是心中有事不吐不快。

在這種情形下，她寫成了她的第一部長篇小說《落第》。原寫了六十萬字，後修改爲五十萬字，不過她怕寫得不好，所以不敢拿出去。

她又改寫短篇小說，第一個〈王博士的巴黎假期〉發表於《中華日報》副刊，反應很好，因此而得到鼓勵。於是繼續寫第二個短篇《西窗一夜雨》和另一個三萬字的〈賽納河之王〉，發表於《中央日報》副刊，並引起文藝界的注意。

這時她便想到把她的第一部長篇小說《落第》拿出來，於是她將它寄給臺北的一家文藝性雜誌，卻沒有得到任何回音。但是不久之後，她看到一位女作家的一部小說，竟然大半都是抄襲她《落第》後半部的情節。她再次受到了極大的震撼，但抄襲她的人那時已是一位名作家，而她尚只能算是一個新人，她投訴無門，也不知該怎麼辦，於是她的第一部作品就成了一部遲出的作品。

不過趙淑俠並不因此灰心，她繼續寫了她「眞正」的第一個長篇《我們的歌》，並因此而使她在文壇的地位穩固。直到今天，十八年來她共出了十八本書，其中有十二本也在大陸出版。她的文章在臺灣、香港、新加坡、美國、歐洲和大陸都有發表。

趙淑俠共得過兩項獎，一是《我們的歌》得到文藝協會小說創作獎；另一就是今年的《賽金花》得到中山文藝獎；她並將獎金臺幣二十萬元捐給「歐洲華文寫作協會」。

趙淑俠不但在華文文壇大放異彩，她同時也步向西方文壇。她的小說《夢痕》於一九八六年被譯爲德文，譯出後佳評潮湧，一個月之內便有四篇評論出現，並被稱爲是探討華裔移民生活的「中國的放逐文學」。一九八八年續有第二個德文譯本《翡翠戒指》，第三本《我們的歌》正印行中，《賽金花》也正在商討譯文之事。

趙淑俠在歐洲多年，對僑界、學界的要求必盡全力支持。她經常到歐洲各國的華人學生團體演講，近幾年來又多到德語系統國家演講。但最近一年來則因健康關係而拒絕了一些邀請。今年三月中旬，在她的發起下，成立了「歐洲華文寫作協會」。

成立「歐洲華文寫作協會」

趙淑俠談起發起「歐洲華文寫作協會」的動機，主要當然是爲了要推動歐洲華文文學，目前在歐洲以華文寫作的人不少，但爲什麼要做孤軍奮鬥，爲什麼不讓作家們有一個自己的家。另一個目的，是培植和提拔後進，避免華文寫作斷層。

還有一個目的則是促進中西實質文化的交流，在這方面並已立即有了很好的成果。有兩位瑞士作家，一是國際筆會副主席，一是瑞士作協理事，應邀前往臺灣訪問，並已於四月成行。在法國文化活動方面，詩人藍波百歲冥誕時，她推薦了十位臺灣的文友前往參加盛會。「歐洲華文寫作協會」成立後，並已舉辦了多次文學演講會。明年夏天，將舉辦一個「

文藝營」，也就是文藝寫作班，以幫助有志寫作的青年邁出寫作的第一步。協會成立時趙淑俠即被推選爲首任會長，但她說在精力、身體方面她不能長久擔任此職，現正在物色接棒人。

但趙淑俠說她的寫作永遠不會停頓。她近來對佛學書籍非常喜好，她不敢說有研究，但從這些書籍中她得到了對人生的看法，她說人很渺小，無法與自然對立，否則必定失敗。她讀佛學書籍的原因，是可從中得到智慧，更能透澈人生。她說她以後寫愛情小說的機會不多，將以感性散文和思想性的文章爲主。

海外華文文學的危機

趙淑俠這次來美，首先到波士頓，將《賽金花》的手稿捐贈給燕京圖書館，並應文化協會和世界華文寫作協會北美分會聯合邀請，以「小說《賽金花》的意動到完成」爲題作了演講。

十月十一日由波士頓來洛杉磯，參加「海外華文女作家聯誼會第二屆年會」。趙淑俠說她這次來開會感到非常高興，因爲這是全部海外華人女作家的大集合。會中她更高興碰到了四十年前臺中女中的老同學於梨華，她們兩人同年級，她是文組，於梨華是理組，教室在隔壁，兩人當年感情就非常好。另外在會中還見到了一位也是臺中女中畢業的小學妹蓬丹，只不過她和於梨華同學時，蓬丹尚未出世哩！還有許多以前只見名不見人的人，如陳若曦與她通信多年，這次是第一次見到面。此外在會中見到了這麼多後起之秀，因此更感愉快。

趙淑俠對於這次女作家聯誼會的討論題目中，將太多的題目前面都冠上「女性」兩字並不十分贊同，她說今天中國女性的地位已經不是像過去般的低落，沒有必要特別以女性爲題一再討論。

滿意的作品　尚未完成

在「爲海外華文文學定位」爲題的討論中，她則敍述了最近歐洲的華文文學近況。她說歐洲本應與華文文學的關係最深，因爲中國早期許多著名作家如巴金、徐志摩、老舍、蘇雪林、凌叔華等人都是出身歐洲，只可惜他們之後曾經出現了一段時間的斷層，因爲那段時間歐洲的華人移民少，中國學生更少，從臺灣出國的留學生大都來了美國，當時的歐洲甚至連一份華文報紙都沒有。

幸好近十年來歐洲的華文文壇終於有了改變。歐洲的華語系統移民增加了，各國的華語留學生也增加了，因此也出現了一批年輕的華文作者。「六四」以後，更有好幾位大陸的作者也去了歐洲。而現在歐洲也有了華文報紙。

與《世界日報》同屬聯合報系的《歐洲日報》的副刊，是華文作者耕耘的最主要園地，華文作者方面，在法國的呂大明和蓬草是寫散文的；鄭寶娟寫小說；林盛彬寫詩；余心樂寫推理小說；在丹麥的池元蓮也是寫散文的，加上由大陸去的祖慰、范曾等，這些人構成了目前歐洲華文文學的中堅。趙淑俠最後又表示，海外華文文學最大的危機，是只依賴第一代華人寫作。

《賽金花》手稿捐給圖書館

趙淑俠於女作家聯誼會結束後，又分別於十月十四日及十五日到爾灣參觀加州大學，並應邀到洛杉磯的「南加州臺灣醫學婦女會」參加了兩場座談會。然後又飛回美東，於十月二十三日在紐約，應「北美華文作家協會」之邀作一場演講，講題是「賽金花的女性主義意識」。

今年十一月中旬，趙淑俠已排定日程前往馬來西亞，以特邀貴賓身份參加該地的文化節活動，並將作四場演講。

趙淑俠說她花在旅行上的時間太多，但近來已拒絕了不少邀請，她眞希望能過過隱居、專心寫作的生活。最後她說到目前爲止，尚沒有自己認爲滿意的作品，這是眞心話。

趙淑俠還告訴我一件事，她說在她們家裏，她並非唯一的文學愛好者，她的妹妹趙淑敏，也是從事文學寫作多年的人。

在談話接近尾聲時，我告訴趙淑俠說不久前我在《世界周刊》上讀了她一篇精彩的〈夜巴黎的浪漫〉，非常過癮。她便告訴我她已又寄了一篇稿給《世界周刊》，我就知道我又有好文章可讀了。今天我寫這篇稿寫到一半時，郵差送來昨天的報紙，我連忙打開《世界周刊》，找到她所寫的〈文學女人的婚姻〉，先睹爲快。

一九九一年十一月十日《世界周刊》

三民叢刊書目

㉑浮生九四
・雪林回憶錄　蘇雪林著
㉒海天集　莊信正著
㉓日本式心靈
・文化與社會散論　李永熾著
㉔臺灣文學風貌　李瑞騰著
㉕干儛集　黃翰荻著
㉖作家與作品　謝冰瑩著
㉗冰瑩書信　謝冰瑩著
㉘冰瑩遊記　謝冰瑩著
㉙冰瑩憶往　謝冰瑩著
㉚冰瑩懷舊　謝冰瑩著
㉛與世界文壇對話　鄭樹森著
㉜捉狂下的興嘆　南方朔著
㉝猶記風吹水上鱗
・錢穆與現代中國學術　余英時著

㉞形象與言語
・西方現代藝術評論文集　李明明著
㉟紅學論集　潘重規著
㊱憂鬱與狂熱　孫瑋芒著
㊲黃昏過客　沙究著
㊳帶詩蹺課去　徐望雲著
㊴走出銅像國　龔鵬程著
㊵伴我半世紀的那把琴　鄧昌國著
㊶深層思考與思考深層
・轉型期國際政治的觀察　劉必榮著
㊷瞬間　周志文著
㊸兩岸迷宮遊戲　楊渡著
㊹德國問題與歐洲秩序　彭滂沱著
㊺文學關懷　李瑞騰著
㊻未能忘情　劉紹銘著

⑰發展路上艱難多　孫震著
⑱胡適叢論　周質平著
⑲水與水神
・中國的民俗與人文　王孝廉著
⑳由英雄的人到人的泯滅
・法國當代文學論集　金恆杰著
㉑重商主義的窘境　賴建誠著
㉒中國文化與現代變遷　余英時著
㉓橡溪雜拾　思果著
㉔統一後的德國　郭恆鈺主編
㉕愛廬談文學　黃永武著
㉖南十字星座　呂大明著
㉗重疊的足跡　韓秀著
㉘書鄉長短調　黃碧端著
㉙愛情・仇恨・政治
・漢姆雷特專論及其他　朱立民著
㉚蝴蝶球傳奇
・真實與虛構　顏匯增著
㉛文化啓示錄　南方朔著
㉜日本這個國家　章陸著
㉝在沉寂與鼎沸之間　黃碧端著
㉞民主與兩岸動向　余英時著
㉟靈魂的按摩　劉紹銘著
㊱迎向眾聲
・八〇年代臺灣文化情境觀察　向陽著
㊲蛻變中的臺灣經濟　于宗先著
㊳從現代到當代　鄭樹森著
㊴嚴肅的遊戲
・當代文藝訪談錄　楊錦郁著
㊵甜鹹酸梅　向明著
㊶楓香　黃國彬著
㊷日本深層　齊濤著

⑬美麗的負荷

封德屛 著

本書是作者從事寫作的文字總集。有少女時代所寫，如詩如歌的雋永小品；更有以求眞存眞的態度詳實記錄而成的報導文字，對象涵蓋作家、影劇圈、藝術家等文藝工作者的訪談記錄。值得有心人一起駐足品賞。

⑭現代文明的隱者

周陽山 著

生爲現代人，身處文明世界，又何能自隱於現代文明？本書內容包括散文、報導文學、音樂、影評、書評等，作者中西學養兼富，體驗靈敏，以悲憫之心關懷社會，以詳贍分析品評文藝，是學術研究外，結合專業知識與文學筆調的另一種嘗試。

⑮煙火與噴泉

白靈 著

本書詳盡的評析了新詩的源起及演變、臺灣詩壇的今與昔，除介紹鄭愁予、葉維廉、羅青等當代名家的詩作及創作理念外，並給予初習新詩者的入門指引，值得想一探新詩領域的您細細研讀。

⑯七十浮跡
・生活體驗與思考

項退結 著

本書是作者一生所思所悟與生活體驗。從青年時米蘭求學，到「哲學之遺忘」的西德八年，再到主持《現代學苑》實踐對文化與思想的關懷，最後從事教學與學術研究的漫長人生歷程。雖是略帶有自傳性質，卻也反映了一個哲學人所代表的時代徵兆。

⑦⑦永恆的彩虹　小民　著

問世間情是何物，怎教人如此感念，環遶家園周遭的倫理親情、憶往懷舊的大陸鄉情、恒久不渝的溫馨友情……，是多麼的令人難以忘懷。本書作者以平和的語氣、平實的筆調，娓娓道出人世間的種種至情，讀來無限思情襲上心頭。

⑦⑧情繫一環　梁錫華　著

寫作是件動腦動筆的事，使人保持身心熱切，而創造性的熱切是有助健康和留住青春的。本書作者以其悲天憫人的襟懷，寓理於文，冀望讀者會心處，除了青春、健康外，另有所得。

⑦⑨遠山一抹　思果　著

本書是作者近二十年來有關文藝批評、中英文文學、語文、寫作研究的精心之作。作者學貫中西，探究深微，以精純的文字、獨到的見解，寫出篇篇字斟句酌、妙筆生花的佳作，令人百讀不厭。

⑧⓪尋找希望的星空　呂大明　著

在人生的旅途中，處處是絕望的陷阱，但晚星的光芒是黎明的導航員，雨後的彩虹也會在遠方出現，絕望懸接著希望，超越絕望，希望的星空就呈現在眼前，願這本小書帶給您一片希望的星空……

⑧①領養一株雲杉

黃文範 著

有人說，散文是作家的身分證，對譯人何嘗不是如此。本書是作者治譯之餘，跑出自囿於譯室門外自遣的心血結晶，涉獵範圍廣泛，文字洗練而富感情，展現作者另一種風貌，帶給讀者一份驚喜。

⑧②浮世情懷

劉安諾 著

本書是作者以其所思、所感、所見、所聞，發而為文的結集。作者才思敏捷，信手拈來，或詼諧，或雋永，皆屬上乘。在這匆遽忙碌的時代，不妨暫停一下，此書當能博君一粲。

⑧③天涯長青

趙淑俠 著

文藝創作者身處他鄉異國，該如何面對因文化差異所帶來的困擾？本書所描寫的，是作者旅居異域多年的感觸、收穫和挫折。其中亦有生活上的小點滴，時而凝重、時而幽默，清晰的呈現出東西文化的異同風貌，讓讀者享受一場世界文化的大河之旅。

⑧④文學札記

黃國彬 著

作者放眼不同的時空，深入淺出地探討文學的現象、趨勢，以至個別作家的風格，舉凡詩、散文、小說、文學評論等，都能道人所未道，言人所未言，把學問、識見、趣味共冶於一爐，堪稱文學評論集的佳作。

㊁ 訪草（第一卷）

陳冠學 著

本書是作者於田園生活中所見所感之作，內有田園意，有家居圖，有專寫田園聲光、哲理的卷軸。喜愛大自然田園清新景象的讀者，將可從中獲得一份未曾預期的驚喜與滿足；另有一小部分有關人性與人生哲理的文字，則會句句印入您的心底。

㊂ 藍色的斷想
・孤獨者隨想錄
ABC全卷

陳冠學 著

本書是作者暫離大自然和田園，帶著深沉的憂鬱面對人世之作。一路上你將有許多領略與感觸，時或有天光爆破的驚喜；但多數時候，你的心頭將披著一襲輕愁，甚或覆著一領悲情。這是悲觀哲學，卻是被熱情、關心與希望融化了的悲觀哲學。

㊃ 追不回的永恆

彭歌 著

本書是《聯合報》副刊上「三三草」專欄的結集。作者以其犀利的筆鋒，對種種社會現象痛下針砭，冀望這些警世的短文，能如暮鼓晨鐘般，在這變亂紛乘的時代，起著振聾發聵的作用。